中國經典名著系列

紅樓夢

曹雪芹　原著

U0114708

園丁文化

讓孩子擁有大智慧的
成長必讀書

研究表明，人在 13 歲之前記憶力最好，通過背誦或閱讀的文字，都會在腦海留下深刻的印象。在此時多閱讀優秀作品，充分發揮記憶力特長，從書中汲取營養，不僅對身心健康和智力發展大有裨益，而且會使人受益終生。

《中國經典名著系列》囊括中國古典四大名著《三國演義》、《水滸傳》、《西遊記》和《紅樓夢》。這些經典作品是中華民族寶貴的文化遺產，承載了華夏五千年文明的精髓，滋養了一代又一代少年兒童的精神世界。

《三國演義》描寫了從東漢末年到西晉初年之間近百年的歷史風雲。跌宕起伏的故事情節、悲壯恢宏的戰爭場景，讀來讓人驚心動魄，拍案叫絕。《水滸傳》裏，一百零八位好漢行俠江湖，劫富濟貧，除暴安良，他們懲惡揚善、精彩絕倫的英雄事跡讓人看了

拍手稱快，津津樂道。《西遊記》通過大膽豐富的藝術想像，創造了一個神奇絢麗的神話世界，成功地塑造了孫悟空這個超凡入聖的理想化英雄形象，曲折地反映出世態人情和世俗情懷，表現了鮮活的人間智慧。《紅樓夢》以賈、史、王、薛四大家族為背景，以賈寶玉與林黛玉的愛情悲劇為主線，展現了廣闊的社會現實生活，寫盡了多姿多彩的世態人情。

　　一個個栩栩如生的人物形象，一段段扣人心弦的故事情節，讓人讀來心潮澎湃，手難釋卷。在細細品讀的過程中，孩子們可以盡情領略古典名著的精華，激發生活的熱情和激情，開闊眼界和胸襟，變得更博學、更聰明、更智慧……

　　一起翻開此書，走進精彩奇幻的經典文學世界吧！

目錄

第一回：黛玉上京城⋯⋯⋯⋯⋯⋯⋯⋯ 7

第二回：寶黛初相會⋯⋯⋯⋯⋯⋯⋯⋯ 13

第三回：寶釵進賈府⋯⋯⋯⋯⋯⋯⋯⋯ 19

第四回：生氣剪香袋⋯⋯⋯⋯⋯⋯⋯⋯ 25

第五回：賈元春省親⋯⋯⋯⋯⋯⋯⋯⋯ 30

第六回：寶玉編典故⋯⋯⋯⋯⋯⋯⋯⋯ 35

第七回：快語惹風波⋯⋯⋯⋯⋯⋯⋯⋯ 41

第八回：共讀《西廂記》⋯⋯⋯⋯⋯⋯ 47

第九回：林黛玉傷懷⋯⋯⋯⋯⋯⋯⋯⋯ 53

第十回：傷心葬落花⋯⋯⋯⋯⋯⋯⋯⋯ 59

第十一回：寶黛互鬥氣⋯⋯⋯⋯⋯⋯⋯ 65

第十二回：晴雯撕扇子⋯⋯⋯⋯⋯⋯⋯ 71

第十三回：寶黛明心跡⋯⋯⋯⋯⋯⋯⋯ 76

第十四回：寶玉遭痛打⋯⋯⋯⋯⋯⋯⋯ 82

第十五回：開設海棠社⋯⋯⋯⋯⋯⋯⋯ 88

第十六回：劉姥姥遊園 …………………… 93

第十七回：釵黛互交心 …………………… 98

第十八回：海棠社壯大 …………………… 103

第十九回：蘆雪庭聯詩 …………………… 109

第二十回：賈探春理家 …………………… 115

第二十一回：戲言當真話 …………………… 121

第二十二回：怡紅院慶壽 …………………… 127

第二十三回：重建桃花社 …………………… 133

第二十四回：寶玉裝嚇病 …………………… 139

第二十五回：查檢大觀園 …………………… 144

第二十六回：中秋夜聯詩 …………………… 151

第二十七回：祭芙蓉花神 …………………… 157

第二十八回：錯嫁誤終身 …………………… 164

第二十九回：黛玉驚夢魂 …………………… 170

第三十回：鳳姐拉紅線 …………………… 176

第三十一回：因疑生重病 …………………… 181

第三十二回：丟失通靈玉 …………………… 187

第三十三回：暗設調包計 …………………… 193

第三十四回：魂歸離恨天 …………………… 199

第三十五回：哭靈祭黛玉 …………………… 205

第三十六回：賈府遭查抄 …………………… 211

第三十七回：出家斷紅塵 …………………… 217

第一回
黛玉上京城

　　傳說遠古時候，天坍地陷，天河直灌人間。女媧氏決心煉石補天，共煉成石頭三萬六千五百零一塊。她只用了三萬六千五百塊就把天補好，剩下一塊石頭沒用，棄在青埂峯下。天長日久，這塊頑石通了靈性，來去自由，可變大變小。他怨自己不能補天，日夜**悲歎**。

　　他來到天宮警幻仙子處。警幻仙子知道他有些來歷，就留他做了赤霞宮的神瑛侍者。他

看見西方靈河岸邊有株絳珠仙草（絳，粵音鋼），生得**婀娜可愛**，便每日以甘露澆灌。天長日久，仙草因此脫去草胎木質，修成女體。絳珠仙子許諾道：「我受了他的澆灌之恩，沒什麼可報答的。日後他若下世做人，我也下去，用一生的眼淚報答他。」

後來，警幻仙子投神瑛侍者下世，降生在金陵**顯赫**的富貴人家賈府。他出生時嘴裏含着一塊晶瑩的美玉，玉上面還刻了一些字，所以他取名叫寶玉。由於出生得奇異，祖母愛他如珍寶，還把那塊玉叫作「通靈寶玉」，

讓寶玉貼身不離地戴在脖子上。

那絳珠仙子投胎在蘇州林府，取名叫黛玉。父親林如海是鹽政官，母親賈敏是寶玉父親賈政的妹妹，所以寶玉、黛玉是嫡親的姑表兄妹。

黛玉六歲那年，賈敏因病去世。黛玉自幼體弱多病，又因喪母過於哀傷，導致舊病復發。她遠在京城的外祖母得知哀訊，擔心她因父親公務繁忙沒人照顧，就派船來接她進京，和自己一起生活。

京城街市繁華，人煙昌盛。賈府更是氣勢非凡，分了兩支：街東的寧國府和街西的榮國府，竟佔了大半條街。船靠岸那天，賈府派轎子到碼頭迎接黛玉。黛玉知道賈家是京城的大戶人家，規矩比一般人家多，因此處處留心，不肯輕易多說一句話、多走一步路，唯恐失禮遭到別人嘲笑。

轎子進了她外祖母、大舅、二舅等人住的

榮國府，又走了一會兒才停下來。黛玉走下轎子，放眼望去，房屋雕樑畫棟，亭台樓閣精緻獨特，四處掛着五彩花燈，**美不勝收**。

門外幾個丫頭一見她們來了，都笑着迎上前，一面爭着掀起簾子，一面向裏面回話：「林姑娘到了。」

黛玉進到房中，看見一位鬢髮如銀的老人由丫鬟們攙扶着迎上來。黛玉知道是外祖母賈母，正要下拜，就被外祖母一把摟在懷裏。祖孫兩人抱成一團，失聲痛哭。大家勸了好一會

兒，兩人才慢慢平靜下來，黛玉這才拜見外祖母。在賈母的介紹下，黛玉又一一拜見了大舅母邢夫人、二舅母王夫人、表嫂李紈（粵音完），以及迎春、探春、惜春三姐妹。

就在這時，忽然聽到後院有人笑着說：「我來遲了，未曾迎接遠客！」緊接着，一個衣着華貴的麗人走進來。眾姐妹介紹道：「這是璉二嫂子。」黛玉曾聽母親說過，大舅賈赦之子賈璉，娶的是二舅母王氏的內姪女，名叫王熙鳳。因為她為人潑辣，大家都叫她

「鳳辣子」。黛玉忙**賠笑**施禮，叫她嫂子。鳳姐親熱地拉着黛玉的手，笑着對賈母説：「好標緻的姑娘，難怪老祖宗天天惦念着！」説着，便把黛玉送到賈母身邊坐下，問她今年幾歲、有沒有上過學、現在正吃什麼藥，又叫她在這裏不要想家，想吃什麼、玩什麼儘管告訴她。

吃過茶果，賈母便叫嬤嬤們領黛玉去拜見兩個舅舅。大舅賈赦推説身上有病，説改日再見。黛玉於是去拜見二舅賈政。

第二回

寶黛初相會

　　黛玉在嬤嬤們的陪伴下，來到二舅賈政的住所。

　　王夫人拉着黛玉在暖炕上坐下，說：「你舅舅領着寶玉去廟裏還願了，要晚上才回來。我有一句要緊的話**囑咐**你：我家的寶玉是個『混世魔王』，你不用理睬他。」

　　黛玉曾聽母親說起過這個表兄，他銜玉而生，厭惡讀書，最喜歡在女孩子堆裏玩；外祖

母十分溺愛他，無人敢管。聽了王夫人的話，黛玉笑着說：「我聽說這位哥哥比我年長一歲，待姐妹們都很好。況且我來了，自然只會和姐妹們在一起，怎麼會去招惹他呢？」

王夫人笑道：「你不知道，他從小和姐妹們一起嬌養慣了。要是姐妹們不理他，他倒還安靜些。如果姐妹們和他多說一句話，他心裏一樂，就會生出許多事來。」黛玉聽了，心中不免對這位表兄多了幾分好奇。

吃過晚飯，黛玉和賈母眾人正說着話，寶玉走了進來。只見他面似中秋之月，色如春曉之花，脖子上還繫着一塊美玉。

黛玉見了，暗自心驚：這表兄倒像在哪裏見過一樣。

賈母笑着對寶玉說：「你來得正好，快來見見你妹妹！」寶玉早已看見屋裏多了一個姐妹，料定是姑媽的女兒，便急忙行禮。

他細看黛玉：兩彎籠煙眉，一雙含情目。

嫻靜如嬌花照水，行動似弱柳扶風。寶玉看罷，笑道：「這個妹妹我曾見過。」

賈母說：「又胡說了，你怎麼會見過她？」

寶玉笑道：「雖然沒見過她，但我看着面善，就像老朋友久別重逢一般。」說着，在黛玉身邊坐下，又細細打量了她一番，問道：「妹妹有玉嗎？」

黛玉回答說：「沒有。我想那玉是一件稀有之物，哪能人人都有？」

寶玉一聽，立刻跳起來，扯下脖子上的玉

摔到地上，大罵：「連人的高下都不懂分辨，算什麼通靈寶玉？像妹妹這樣神仙似的人也沒有，可見這不是好東西！」眾人嚇得慌忙爭着去拾玉。

「你生氣，要打罵人容易，何苦摔那命根子？」賈母急得摟住寶玉哄道，「你這妹妹原本也有玉，只是拿去給她母親陪葬了。你怎麼可以和她比？」說着，從丫鬟手中接過玉，幫他戴上。

寶玉**信以為真**，這才不鬧了。

又談了一會兒話，夜深了，賈母便讓人給黛玉安排住處，還派丫鬟紫鵑去照顧她。黛玉回到房裏，想到自己一來就引起寶玉摔玉，不禁傷心**落淚**。

寶玉的丫鬟襲人勸慰她：「林姑娘不要這樣，只怕將來還有比這個更奇怪的笑話呢！若為此多心傷感，只怕你傷感不過來啊！」黛玉這才收了淚水。

接下來的日子，寶玉和迎春三姐妹常常來陪伴黛玉，黛玉便漸漸地適應了賈府的生活。

第三回
寶釵進賈府

　　黛玉住進賈府不久，王夫人的妹妹薛姨媽帶着兒子薛蟠、女兒薛寶釵前來拜訪，並在府中的梨香院住了下來。這下，賈府更熱鬧了。

　　薛寶釵**才貌雙全**，為人謙和，與賈府上下的人都相處得非常融洽。她整日和寶玉、黛玉、迎春姐妹等在一起，或下棋，或吟詩，過得愉快愜意（愜，粵音怯）。

　　這天，寶釵生病了，在院裏休養。寶玉聽

說了，便去探望她。

寶玉一見寶釵便問道：「姐姐的病全好了嗎？」說着，仔細察看她的臉色。只見寶釵頭上挽着漆黑油亮的髮髻，唇不點而紅，眉不畫而翠，臉若銀盆，眼如水杏。雖說病着，卻仍是一副水靈靈的秀麗模樣，非常討人喜歡。

寶釵含笑回答道：「已經好多了，多謝你記掛。」

她看到寶玉脖子上戴着的通靈寶玉，便笑

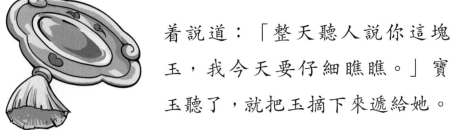

着說道：「整天聽人說你這塊玉，我今天要仔細瞧瞧。」寶玉聽了，就把玉摘下來遞給她。

寶釵**小心翼翼**地把玉托在掌上，只見它大如雀卵，燦若明霞，上面還刻有「莫失莫忘，仙壽恆昌」的字樣。

寶釵的丫鬟鶯兒笑着說：「這玉和姑娘的金鎖是一對呢！」

寶玉聽了，嚷着要看金鎖。寶釵被他纏不過，便把金鎖拿給他。只見鎖上正反兩面果然也刻着八個字：「不離不棄，芳齡永繼」。寶玉樂了，說：「姐姐這八個字倒真與我的是一對。」

就在這時，黛玉來了。她一見寶玉，便笑道：「哎喲，看來我來得不合時！早知道他來，我就不來了。」

寶釵笑着問她這話是什麼意思。

黛玉說：「今天他來了，明天我再來，這樣錯開，天天有人來，不至於太**冷清**，也不至於太熱鬧。」

三人正說着話，薛姨媽過來招呼他們去喝茶，又拿了些自己醃製的鵝掌出來。寶玉說：「這個下酒最好。」薛姨媽聽了，忙叫人拿酒來。

酒剛一上桌，寶玉就要喝。寶釵勸說冬天喝冷酒對身體不好，等酒熱了再喝也不遲。寶玉聽後，連連點頭。黛玉見了，嗑着瓜子，抿

着嘴笑。正巧小丫鬟雪雁捧着個暖手爐來了，她對黛玉說：「姑娘，紫鵑姐姐怕你冷，讓我給你送這個來。」

黛玉笑道：「你倒聽她的話。我平常和你說的，你全當**耳邊風**。怎麼她說的你就聽，比聖旨還要靈呢？」

寶玉聽了這話，知道黛玉是借此在奚落他，只嘻嘻地笑了兩聲。寶釵也知道黛玉一向如此，便不去理她。

眾人說話時，寶玉已經三杯酒下肚。他還想再喝，他的奶媽李嬤嬤上前**勸阻**：「你可要當心，老爺今天在家，可能會問你功課呢！」寶玉覺得很**掃興**，垂下頭不說話。

黛玉冷笑着説：「平常老太太也給他酒喝，難道因為姨媽是外人，就不能在這裏喝？」

李嬤嬤急得直踩腳。寶釵忍不住笑着在黛玉臉上一擰，説：「好一張利嘴，叫人不知道是該喜歡好，還是討厭好。」

薛姨媽趕忙打圓場：「只管放心，有我在呢！」又叫人再去燙酒，還説要陪寶玉喝。寶玉這才又高興起來。

薛姨媽千哄萬哄，讓寶玉只多喝幾杯，就趕緊把酒收走了。寶玉和黛玉告別薛姨媽，各自回房。

第四回
生氣剪香袋

　　快樂的日子沒過多久，黛玉便收到父親病逝的**噩耗**。這下，黛玉在世上連一個至親都沒有了，她心裏十分悲傷。寶玉時常來陪伴她，安慰她。

　　而此時賈府卻有一件大喜事——寶玉的姐姐元春被封為賢德妃，正月十五元宵節將回家省親（省，粵音醒），探望大家。賈府上下都**歡天喜地**。

　　為迎接元妃省親，賈府花重金建造了一座
豪華氣派的省親園。這天，賈政帶着賓客們進
園遊覽，順便為各處景點題匾。為了試試寶玉
的才華，他叫上寶玉一起遊園。

　　走進園門，迎面是假山小徑，藤蘿掩映。
寶玉說：「此處題為『曲徑通幽』，既大方又
有古意。」賈政聽了，滿意地點點頭。

　　眾人繼續往前走，來到一座竹子蒼翠、幽
泉輕漫的院子中。寶玉說：「這將是元妃省親
時參觀的第一個地方，名字中應含有**頌揚**的意
味，用『有鳳來儀』最好！」眾賓客聽了，都

誇寶玉有才情。接著，寶玉又為其他各處擬了「杏簾在望」、「蘅芷清芬」、「紅香綠玉」等名字，還題了一些對聯。

賈政見寶玉出來已久，便讓他先回去。寶玉剛出園門，就被幾個僕人抱住。僕人說：「寶二爺今天在客人面前出盡風頭，該打賞我們一下！」寶玉笑著問：「你們要什麼？」

「我們要這些……」僕人說著，紛紛去解寶玉身上的佩飾。眨眼間，除了那塊通靈寶玉，寶玉身上的佩飾都被洗劫一空。幾個僕人這才心滿意足地簇擁著送他回房。

丫鬟襲人倒了茶來，見寶玉身上的佩飾全沒了，就笑著說：「你的東西估計又被僕人們都要去了吧。」

　　黛玉正巧來
找寶玉，聽了這話，走
過來一瞧，果然是全部都不見了。她十分生氣：
「我送的荷包，你也給人了？」說完，轉身就
走。

　　回到房裏，她拿起剪刀生氣地**剪破**一個快
繡好的香袋。那是寶玉請她做的。寶玉趕來，
看見被剪爛的香袋，十分痛心。他扯開衣領，
露出衣服裏的荷包，說：「你看這是什麼？」

　　黛玉見他這樣珍惜自己送的東西，心裏十
分**後悔**。

「既然你把香袋剪了，我把這荷包也還你！」寶玉也生氣了，解下荷包扔向黛玉。

黛玉覺得**委屈**，拿起剪刀想把荷包也剪破。寶玉連忙去搶：「好妹妹，饒了它吧！」黛玉氣得把剪刀一扔，躺到牀上嗚咽起來。寶玉跟過去，趴在牀邊左一聲「妹妹」、右一聲「妹妹」地賠不是。

黛玉煩了，一骨碌坐起來，下牀往外走。寶玉急忙跟上去，一邊走一邊手忙腳亂地想把荷包繫回到裏面的衣襟上。

黛玉見狀，說：「剛才說不要，現在又戴上了，也不知道**害羞**！」說完，忍不住笑起來。至此，一場風波總算平息了。

第五回
賈元春省親

　　轉眼到了元宵節元妃省親的日子，等到天快黑了，才有十多個太監跑來傳報。賈母趕緊領着眾人在榮國府大門前恭候。

　　眾人苦盼了許久，終於隱隱約約地聽見鼓樂之聲；接着，一頂繡着鳳凰的金黃色八抬大轎出現在眾人的視線裏。「元妃來了！」賈母等人紛紛迎上前去，下跪行禮。

　　幾個太監飛跑過來，扶起賈母、邢夫人和

王夫人。那八抬大轎進了大門，來到省親園。只見園中**香煙繚繞**，花彩繽紛，河水蜿蜒，仿如游龍。兩邊石欄上都是水晶玻璃各色風燈，亮得如**銀花雪浪**。岸上的柳樹、杏樹上黏着各色綢綾紙絹和通草做的花。每株樹上都懸掛着彩燈。這些燈上下爭輝，構成了一個**熠熠生輝**（熠，粵音泣）的琉璃世界。

元妃下了轎，一手挽着祖母賈母，一手挽着母親王夫人，三人心中雖有千言萬語，卻一時說不出話來，只是默默地對視流淚。

這時，父親賈政上前參拜，元妃強忍着淚

說：「種田的人家雖然貧苦，卻能享受**天倫之樂**。今日我雖然富貴了，卻要忍受骨肉分離，想想終究沒什麼意思。」

賈政勸慰了一番，並告訴她省親園裏的匾額、對聯都是寶玉題的。元妃聽了，十分欣慰，忙叫寶玉到她身邊來。

見到久別的弟弟，元妃激動得眼泛淚光，摸着他的頭說：「比我進宮前長高了不少。」

鳳姐想活躍一下氣氛，便向元妃提議道：「請娘娘起駕遊園吧！」

元妃聽了，便讓寶玉領路，和眾人一起向省親園走去。寶玉跟在元妃身邊，為她一一解說。來到正殿，元妃傳令**大開筵席**，還把園名題為「大觀園」，「有鳳來儀」改為「瀟湘館」，「紅香綠玉」改為「怡紅院」，「杏簾在望」改為「浣葛山莊」……

題完名字，元妃命姐妹們圍繞題名各作詩一首，又命寶玉為「蘅蕪苑」、「瀟湘館」、「怡

紅院」、「浣葛山莊」四處景點各作一首五言律詩。

元妃看完眾姐妹的詩作，稱讚道：「姐妹中，數寶釵、黛玉兩位才情最高。」寶玉的詩才原本就不及寶釵和黛玉，現在還要一口氣作四首，不禁急得滿頭大汗。他絞盡腦汁，終於作出了三首。

黛玉偷偷對他說：「我幫你作『杏簾在望』這一首吧！」說完，拿起筆，迅速將詩寫在紙上，搓成團，扔在寶玉跟前。寶玉拿到詩，

連忙謄寫，加上自己作的三首，一併呈上。

元妃看完寶玉的詩，欣慰地笑了，說：「果真長進了！四首詩中，數『杏簾在望』作得最好。」

這時，小太監來報，說戲班子已經準備好了，於是，元妃領着眾人去看戲。看完戲，元妃命太監賞賜大家禮物，眾人一一謝恩領受。

此時，已是凌晨，到回宮的時辰了。元妃雖然不忍離別，無奈皇家規矩不可違抗，只好含淚告別。

賈母等人站在大門外，看着隊伍漸行漸遠，直到看不見了，才回到府中。

第六回
寶玉編典故

　　元妃回宮後，賈府又回歸平靜。一天中午，寶玉來看黛玉。黛玉正在牀上午睡，丫鬟們都出去了，屋內靜悄悄的。寶玉走上前推黛玉：「好妹妹，才吃過飯，怎麼又睡覺了？」

　　「我只是稍微歇息，你到別處去玩玩再來吧。」黛玉閉着眼，**慵懶**地說。寶玉不依，推着她說：「我往哪裏去呢？見了別人就覺得厭煩。」

黛玉聽了，坐直身子笑着說：「那我們就說說話吧！」她看見寶玉左邊腮上有一塊鈕扣大小的血漬，便湊近細看，問：「這又是被誰的指甲刮破了？」

寶玉一面躲，一面笑着答：「不是指甲刮的。也許是剛才替丫鬟們洗胭脂膏子，蹭上了一點。」說着，便想找手帕來擦。黛玉見了，便用自己的手帕替他擦。

寶玉聞到一股幽香從黛玉袖中散發出來，便一把將黛玉的袖子拉住，問她這是什麼奇香味。

黛玉笑道：「我有奇香，你有『暖香』沒有？」寶玉一時沒明白她的意思。

黛玉冷笑道：「蠢材，蠢材！你有玉，人家就有金來配你；人家有『冷香』，你就沒有『暖香』去配？」

原來，寶釵常吃一種叫冷香丸的藥，黛玉故意以此取笑他。寶玉見她拿「金玉良緣」來笑話自己，便笑道：「我說一句，你就拉上這麼多，今天饒不了你！」說着，把手伸向黛玉的胳肢窩亂撓。

黛玉怕癢，笑得喘不過氣來，連忙求饒：「好哥哥，我再也不敢了。」說着，躺倒在牀上，用手帕蓋住臉。

寶玉怕黛玉睡出病來，便**有一搭沒一搭**地找些話說，但黛玉總不理他。寶玉無奈只能另想辦法，哄她說：「哎喲！你們揚州衙門裏最近發生了一件大事，你知道嗎？」

　　黛玉見他說得鄭重，以為是真事，問：「什麼大事？」

　　寶玉說起典故來：「揚州有一座黛山，山上有一羣老鼠精。一天，一隻弱小的小老鼠說要下山去偷香芋，眾老鼠覺得牠太過弱小，不讓牠去。可小老鼠說：『我有一個絕妙的方法──變成香芋滾進香芋堆裏，讓人看不出，然後暗暗地

用分身法搬運。這不比**直偷硬取**好嗎？』話音剛落，搖身說『變』，竟然變成了一位標緻的小姐！眾老鼠都說牠變錯了。小老鼠笑道：『真是沒見過世面！你們只知道香芋，卻不知道鹽政林老爺家的小姐才是真正的香玉*呢！』」

黛玉聽了，翻身爬起來，按着寶玉笑道：「你這個愛亂說話的！我就知道你是騙我

*注：「玉」和「芋」的普通話發音同為 yù，寶玉借此幽了黛玉一默。

呢！」說着，伸手來撐寶玉。

寶玉被撐得連連**央求**：「好妹妹，饒了我吧，我只是聞到你的香氣，才忽然想起這個典故。」

黛玉笑罵：「罵了人，還說是典故呢！」

寶玉本想繼續逗她，這時見寶釵來了，就不再胡鬧。三人圍在一起說些閒話**打發時光**。

第七回
快語惹風波

過了一些日子，賈母的姪孫女史湘雲來賈府拜訪。湘雲為人**活潑爽快**，深得賈母歡心。她和寶玉、黛玉、寶釵以及迎春姐妹等一起讀書、笑鬧，過得輕鬆愉快。

話說賈母一向都很喜歡寶釵的穩重平和。正值寶釵十五歲生日，賈母便拿出二十兩銀子，讓鳳姐去辦酒席、請戲班子。

到了晚上，大家說起寶釵過生日的事，賈

母問寶釵愛聽什麼戲、愛吃什麼東西。寶釵深知賈母這樣的老年人喜歡熱鬧的戲文、愛吃**清甜軟糯**的食品，便挑賈母平日喜歡的說了出來。賈母聽了，對寶釵的喜愛又增加了幾分。

到了生日這天，賈母內院中搭起了一座小巧的戲台，請了一個戲班子。賈母上房裏還擺了幾桌家宴**酒席**。席上只有薛姨媽、寶釵、湘雲是客，其餘都是自家人。

點戲時，賈母先叫寶釵點，寶

釵點了一齣《山門》，演的是《水滸傳》中魯智深在五台山出家後醉打山門的戲。這齣戲非常熱鬧，賈母很喜歡。

等到戲散，賈母叫人把她喜歡的兩個演員——一個扮小丑的、一個扮小旦的帶了進來，分別拿了些果品給他們，還賞賜了兩串銅錢。

鳳姐說小旦的扮相活像一個人。湘雲心直口快，一下子就說了出來：

「我知道，像林姐姐的模樣。」寶玉連忙向她使眼色，湘雲卻不理會他。

等到眾人都散了，湘雲氣呼呼地帶着丫鬟翠縷回房收拾衣包。翠縷說：「忙什麼？等走的時候再收拾也不遲。」

湘雲說：「明天一早就走，省得在這裏看別人臉色！」

寶玉這時正好趕到，勸她說：「好妹妹，你錯怪我了。林妹妹是個**多心**的人，我是怕你得罪了她，才使眼色啊！」

湘雲甩開他的手：「你別**花言巧語**哄我！我原不及你的林妹妹，哪裏配說她呢？」說着，走到一邊，不再理他。

寶玉討了個沒趣，就去找黛玉。可剛走到門前，黛玉就將他推了出來，還把門關上，任憑他怎麼叫喚，也不搭理。

過了一會兒，黛玉聽叫喚聲停了，以為寶玉已回房去，便來開門，卻見他仍在門口。寶

玉趁機走進屋裏。黛玉跑到牀上躺下，氣呼呼地說：「我原來是給你們取笑的，竟然拿我和唱戲的比！還有，你為什麼向湘雲使眼色，是怕她說話得罪了我？」

寶玉本來是想從中**調和**，可沒想到不僅沒成功，反倒落得個「豬八戒照鏡子，裏外不是人」的下場。他覺得沒趣，也無心分辯什麼，便轉身走了。

寶玉回到自己房中，越想越覺得**委屈**，哭

了一會兒，寫了一首詩發洩一下，心裏總算好
受一些，才上牀睡覺。

　　黛玉見寶玉賭氣走了，有點不放心，就過
來看看。襲人把寶玉剛才作的詩拿給她看。黛
玉見上面寫的全是氣話，覺得可笑，就把詩帶
回房去了。

　　第二天，黛玉把寶玉的詩拿去給寶釵、湘
雲看，還提議一起去找寶玉。三人到了寶玉住
處，一進門，黛玉便叫他解釋一下詩句。

　　寶玉想了想，答不出來，就不好意思地笑
了。幾個人終於**和好如初**。

第八回
共讀《西廂記》

　　元妃省親後，大觀園被閒置下來。元妃想起大觀園中**景色別致**，閒置着可惜，便寫了封信給父母，讓寶玉和姐妹們搬進園中居住。

　　賈政選好日子後，眾人便搬進了大觀園。黛玉住瀟湘館，寶玉住怡紅院，寶釵住蘅蕪苑，其他各人也安排好了住處。自此，園內人聲不斷，再也不像以前那樣**荒涼寂寞**了。

　　寶玉自從搬進了大觀園，每天和姐妹們一

起讀書寫字，彈琴下棋，吟詩作畫，過得十分充實。

一天，寶玉拿了一本《西廂記》來到沁芳閘橋邊，在桃樹下坐着細讀。當時正是春天，桃花開得燦爛，當他讀到「落紅成陣」時，只覺一陣風吹過，把樹上的**桃花**吹下來許多，落得滿身滿書滿地都是。

寶玉怕腳步踐踏了花瓣，就兜着它們，來到水池邊，抖落在池裏。

　　寶玉回來見地上還有許多花瓣，正在發愣，忽聽見有人說：「你在這裏做什麼？」

　　寶玉一回頭，只見黛玉肩上擔着花鋤，花鋤上掛着花袋，手裏拿着花帚站在他面前。他笑道：「你來得正好，我們一起把這些花瓣掃起來，倒在水裏吧！」

　　黛玉說：「倒在水裏不好。別看這裏的水乾淨，只要一流出去，到了有人家的地方，什麼髒的、臭的東西都往水裏亂倒，仍舊把花糟蹋了。那邊角落有一個花塚，我們把花瓣掃起來，裝在花袋裏拿土埋上，這樣不是更好嗎？」

寶玉聽了**喜不自禁**，笑道：「等我放下書，再幫你一起收拾。」黛玉問是什麼書。因為《西廂記》在當時是禁書，寶玉不想讓黛玉看見，便慌忙把書往身後一藏，說：「不過是《中庸》和《大學》。」

黛玉不相信，堅持要看。寶玉只好把書遞過去，並說：「好妹妹，給你看可以，只是你看了別告訴別人。這真是本好書呢！」

黛玉拿着書，細細翻看起來。正是桃花爛漫時，寶玉和黛玉**並肩**共讀，都被書中的愛情故事深深打動。她越看越愛看，一頓飯的工夫就看完了。寶玉忍不住用書中的話逗她：「我就是個『多愁多病的身』，你就是那『傾國傾城的貌』。」

黛玉聽了，**滿臉通紅**地罵道：「該死的，學了些輕薄的話就來欺負我，我告訴舅舅、舅母去。」說着，起身要走。寶玉連忙攔住她。

黛玉笑着說：「原來你只是個『銀樣鑞槍

頭』，虛有其表！」

「你也説了書裏的話，我也告狀去！」寶玉説完，也笑了。

寶玉把書收好，兩人仔細收拾落花，裝進花袋，拿到花塚掩埋。剛掩埋妥當，襲人就來找寶玉：「那邊府裏大老爺身體不適，姑娘們都過去請安了，老太太叫你去呢！」寶玉只好辭別黛玉，匆匆走了。

黛玉見寶玉走了，剩下自己覺得有些悶，也回房去了。

第九回
林黛玉傷懷

和黛玉共讀《西廂記》後，寶玉天天往瀟湘館跑。

這天，寶玉正在黛玉的屋裏玩，襲人急急忙忙地走進來，說：「快回去吧，老爺要見你呢！」

寶玉聽了，猶如**晴天霹靂**，以為自己又闖禍了，父親要責罰，於是不敢耽擱，急忙跟着襲人走了。

　　他走出園子，轉過大廳，忽然聽見牆角邊傳出呵呵的笑聲，回頭便見薛蟠正拍着手大笑。

　　薛蟠說：「看來我這招是用對了。要不是說姨夫叫你，你哪裏肯出來得這麼快？」

　　寶玉呆了半天，才知道是薛蟠假傳父親的話哄他出來玩。這下他放心了，就跟着薛蟠走。

　　晚上，寶玉喝得**醉醺醺**地回來了。襲人一直記掛着他去見賈政，不知是禍是福，見他這副樣子，忙問是怎麼回事。寶玉就把實情告訴了她。

襲人責備道：「人家**牽腸掛肚**地等着，你倒去玩了，也不知道叫人來送個信。」

寶玉說：「我本來想送信給你的，可後來玩得忘形就忘記了。」

這邊黛玉聽見賈政要寶玉見他，心中也替他擔憂。晚飯後，她聽說寶玉回來了，想找他問問情況，於是往怡紅院走去。

遠遠地，黛玉看見寶釵進了怡紅院，自己也隨後跟了過去。她見沁芳橋下各色水禽都在池中浴水，一隻隻**紋彩閃爍**，異常好看，於是放慢腳步，在沁芳橋上歇了一會兒才走。

黛玉來到怡紅院門口，見大門緊閉，便抬手敲了敲門。屋裏的丫鬟晴雯剛和別人拌了嘴，正在氣頭上，說：「都睡了，明天再來吧！」

　　黛玉以為晴雯沒有聽出是她，便說：「是我，還不開門嗎？」

　　晴雯偏偏還是沒聽出來，高聲嚷道：「寶二爺吩咐了，不管誰來都不開門！」

　　黛玉氣得愣在門外，正要發問，轉念一想：

雖說外祖母對自己很好，但自己到底只是客人。現在父母雙亡，無依無靠，**寄人籬下**，還是省些事好，免得討人嫌。她一面想，一面滾下淚珠來。

正在這時，屋裏傳出一陣笑聲。黛玉側耳細聽，竟然是寶玉和寶釵二人。她更是傷感，便不顧**夜深露冷**，站在牆角的花陰下低聲嗚咽起來。

「嘎吱」一聲，院門打開了。原來是寶釵要回去了，寶玉、襲人把她送出門。

黛玉想上去問個明白，可又唯恐當着眾人

的面問羞了寶玉，便躲在一旁。等寶釵走遠、寶玉他們進去關了門，她才回去。

黛玉**沒精打采**地回到瀟湘館。她越想越難過，於是靠着牀欄，兩手抱膝，一動不動地坐着默默流淚。

紫鵑、雪雁見了，知道黛玉平日裏的性情，就不以為意，由着她悶坐，誰都沒去勸慰她。

第十回
傷心葬落花

第二天是芒種，當地有祭餞花神的習俗。大觀園中的姑娘、丫鬟們一早就忙起來了。

黛玉夜裏沒睡好，遲了起來。她連忙梳洗了出來。剛走到院中，只見寶玉迎面走來。黛玉正眼也不瞧他一眼，**一聲不吭**地繞過他出了院門。

寶玉不知道自己哪裏又得罪了黛玉，想問明白，便追出去，卻已不見了黛玉的蹤影。他

想了想，決定等她的氣消了再去找她。他看見鳳仙、石榴等落花撒了一地，便把它們兜起來，朝那天和黛玉埋桃花的地方走去。

快走到那裏時，寶玉聽見有人一時哭泣、一時說話，好不傷感。他以為是哪個丫鬟受了委屈在哭，便停下來細聽。

「儂今葬花人笑痴，他年葬儂知是

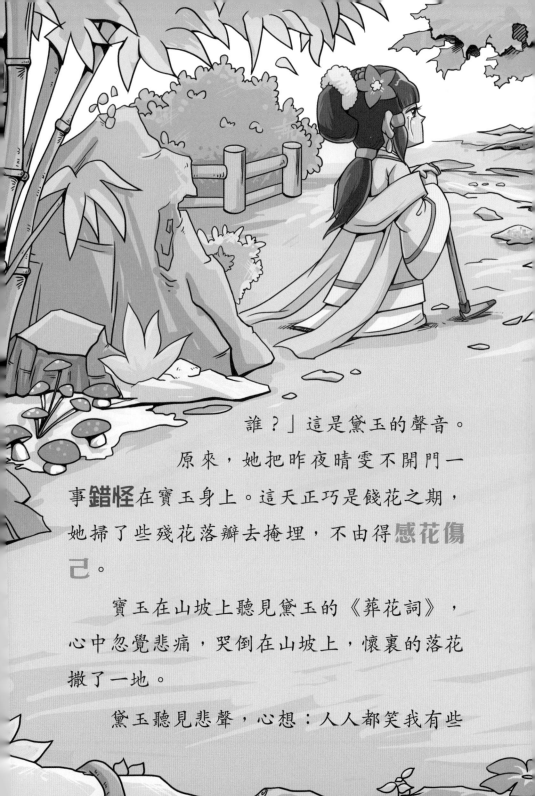

誰?」這是黛玉的聲音。

　　原來,她把昨夜晴雯不開門一事**錯怪**在寶玉身上。這天正巧是餞花之期,她掃了些殘花落瓣去掩埋,不由得**感花傷己**。

　　寶玉在山坡上聽見黛玉的《葬花詞》,心中忽覺悲痛,哭倒在山坡上,懷裏的落花撒了一地。

　　黛玉聽見悲聲,心想:人人都笑我有些

痴病，難道世上還有人原來跟我一樣？走近一看見是寶玉，她便說：「原來是你這個狠心短命……」剛說到「短命」二字，又忙把嘴掩住，長歎一聲，轉身便走。

　　寶玉連忙趕上去，在她身後歎道：「既有今日，何必當初？」

黛玉問：「當初怎麼樣？今日又怎麼樣？」

「當初姑娘來了，哪一樣不是我陪着？我心愛的，姑娘要，就拿去；我愛吃的，聽見姑娘也愛吃，連忙乾乾淨淨地收着等姑娘來吃。同一張桌子吃飯，同一張牀上睡覺。丫頭們想不到的，我都替你想到了。沒想到如今姑娘人大心大，不把我放在眼裏。我真是白操了這份心！」寶玉說着，忍不住哭起來。

黛玉聽了這番話，不覺也滴下淚來。想起昨晚的事，她忍不住問：「既然說對我這麼好，昨晚我去了怡紅院，你為什麼不讓開門？」

寶玉非常**詫異**：「你這話從哪裏說起？我要是這麼做了，立刻就死掉！」

黛玉連忙阻止道：「大清早就說死，也不忌諱。你說有就有，沒有就沒有，起什麼誓呢？」

寶玉說：「實在是沒看見你來，只是寶姐姐去坐了一坐，就回去了。」

黛玉想了一下，笑道：「可能是丫鬟們懶得動，就說主子不讓開門。」

　　寶玉說：「應該是了。等我回去問清楚是誰，好好**教訓**她一頓。」

　　黛玉說：「你的那些丫鬟們，是該好好教訓教訓了。今天得罪我事小，如果明天什麼『寶姑娘』、『貝姑娘』來，也得罪了，事情可就大了。」說着，忍不住抿嘴笑了。寶玉聽了，覺得又好氣又好笑。

　　至此，他們之間的**誤會**化解，兩人也更加親近了。

第十一回
寶黛互鬥氣

　　端午節快到了，賈母帶着眾人去清虛觀拜神祈福。祈福後，觀裏的張道士邀請賈母等人上樓入座看戲，還**殷勤**地說要給寶玉提親。賈母說：「等他長大一些再說吧！」

　　第二天，黛玉因為身體不適，沒去看戲。寶玉聽說她又病了，放不下心，於是過來探問。黛玉知道寶玉喜歡熱鬧，就說：「你只管看你的戲去，留在家裏做什麼？」

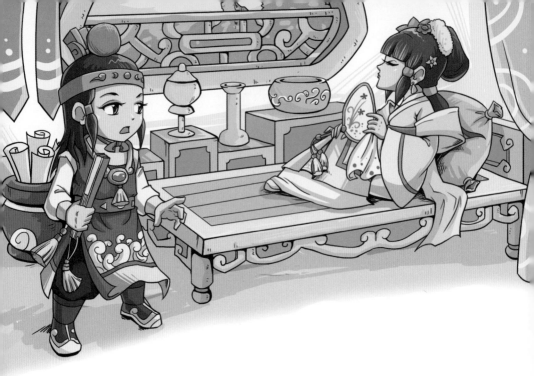

　　寶玉因昨天張道士提親，心中不大痛快，現在聽黛玉這麼說，以為在**奚落**他，心中煩惱異常，忍不住沉下臉來：「我白認識你了！」

　　黛玉冷笑了兩聲，說：「我也知道白認識了。我哪像人家，有什麼配得上你呢？我知道，昨天張道士說親，你怕我阻了你的好姻緣，心裏不痛快，便拿我出氣！」

　　寶玉心想：別人不知我的心，那還說得過去，難道你還不知道我心裏只有你？你不為我**分擔煩惱**也就罷了，反而用話奚落我。可見

我心裏有你，你心裏卻沒有我。想着便生起氣來。

黛玉卻想：你心裏自然有我，可只要我一提「金玉」的事，你就着急，可見你心裏有「金玉」的念頭。想及此，心中十分難過。

寶玉越想越氣，便從脖子上扯下通靈寶玉，**咬牙**狠命地往地上摔。偏偏那玉非常堅硬，竟沒有絲毫損壞。寶玉見了，便轉身找東西來砸那通靈寶至。

黛玉見他這樣，哭了起來：「你要砸它，

還不如來砸我。」

紫鵑、雪雁等人見狀，忙來勸解。襲人趕緊把玉奪過來，拉着寶玉的手說：「你和妹妹**拌嘴**，也犯不着砸玉。要是砸壞了，叫她心裏怎麼過得去？」

黛玉聽這話說到自己心坎上了，可見寶玉連襲人都不如，越發傷心地大哭起來。

紫鵑也勸黛玉：「雖然生氣，姑娘還是應該保重些。要是你生病了，叫寶二爺怎麼過意得去？」

寶玉聽了這話，也覺得簡直是說到自己心

坎上了，可見黛玉連紫鵑都不如。

　　賈母、王夫人聞訊趕來，問兩人話，兩人都不肯說，只好罵了紫鵑和襲人一頓，帶着寶玉離去。

　　第二天是薛蟠的生日，他請賈府眾人去看戲。賈母原以為寶玉、黛玉會趁機和好，沒想到兩人都沒去，急得她哭着直抱怨。

　　這事傳到黛玉、寶玉耳中，兩人心裏都很不是滋味，於是一個在瀟湘館裏臨風灑淚，一個在怡紅院裏對月長歎。

　　第二天吃過午飯，寶玉便來到瀟湘館向黛玉道歉。黛玉心裏早已原諒了他，嘴上卻說：「你就當我死了！」寶玉馬上哭着說：「那我做和尚去！」

黛玉忙戳了一下寶玉的額頭，說：「你這個……」話沒說完，又哭起來。寶玉忙拿手帕替她抹眼淚。

　　這時，門外忽然有人叫道：「好了！」兩人回頭一看，原來是鳳姐。鳳姐說：「總算和好了。快跟我去見見老祖宗吧，好讓她放心。」說完，拉着寶玉、黛玉去見賈母。

　　賈母見兩人**重歸於好**，這才放下心頭大石。

第十二回
晴雯撕扇子

　　這天正是端午節。中午，王夫人設宴請薛家母女。因為前一天寶玉嘲笑寶釵因為太胖才怕熱，所以寶釵還在生氣，故意冷落寶玉。寶玉覺得**沒趣**，就生悶氣回房了。

　　晴雯過來給他換衣服時，不小心失手把扇子跌在地上，把扇骨跌斷了。寶玉罵道：「蠢材，你怎麼這麼顧前不顧後的？」

　　晴雯一聽，冷笑道：「二爺近來脾氣真大，

動不動就給臉色別人看。一把扇子就讓你這樣了。何苦呢？你若嫌我們不好，打發我們走就是了。」

寶玉聽了，氣得渾身發抖。襲人好心勸說，卻遭到晴雯**冷嘲熱諷**：「姐姐，你早就應該來了啊，省得我們惹他生氣。自古以來，就只有你一個人會服侍，我們都不會。」

寶玉更生氣了，說：「我現在就去告訴太太，讓她把你打發出去。」襲人、麝月（麝，粵音射）等丫鬟聽了，都跪下替晴雯求情。

黛玉恰好這時進來，見大家這樣，就笑著問：「怎麼都哭了？難道是為爭粽子吃吵架了？」一句話**逗**得大家都笑了。

　　這時，有人來報說：「薛大爺
有請。」原來是薛蟠請寶玉去喝酒。寶玉不好
推辭，就去了，一直喝到晚上，才帶着幾分醉
意回來。

　　一進院子，寶玉就見院中早已設下乘涼枕
榻，榻上有個人睡着。寶玉以為是襲人，就一
面在榻沿上坐下，一面推她，問道：「你怎麼
了？」只見那人翻身起來說：「何苦又來**惹**
我！」寶玉一看，原來是晴雯。她還在為白天
的事情生氣呢。

寶玉把她拉在身旁坐下，笑道：「扇子本來是用來搧風的，你要撕着玩也可以，只是不可以生氣時拿它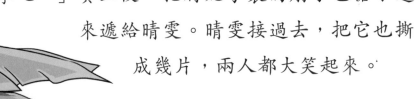。」說着，便把扇子遞給晴雯。

　　晴雯聽了，笑道：「既然你這麼說，那我就撕了。」只聽「嘶」的一聲，她真的把扇子撕了。寶玉笑着說：「撕得好，再撕響些！」

　　正說着，只見麝月走過來笑道：「少作些孽吧。」寶玉便一把將她手裏的扇子也搶了過來遞給晴雯。晴雯接過去，把它也撕成幾片，兩人都大笑起來。

　　麝月氣得大叫：「不如把整箱扇子都搬出來，讓她**盡情**地撕？」

　　寶玉笑道：「古人說，『千金難買一笑』。幾把扇子能值幾個錢？」晴雯笑了，倒在榻上說：「我也累了，明天再撕吧。」

　　襲人見寶玉和晴雯和好，也放下心來，叫小丫鬟擺上茶點。幾個人喝茶、說笑，直到深夜才回房去。

第十三回
寶黛明心跡

這天，湘雲又來怡紅院找寶玉玩。她笑着對寶玉說：「你如今長大了，即使不願意去考舉人進士，也該常與做官的朋友見面，將來也好應酬事務。不然，成天在姐妹堆裏做什麼呢？」

寶玉說：「寶姐姐這樣說，你也這樣說，林妹妹從不說這些混賬話！要是她也說過，我早和她**疏遠**了。」

襲人和湘雲聽了，都點頭笑道：「原來這是混賬話。」

　　黛玉知道湘雲在怡紅院，便過來看她。她剛來到門外，就聽見湘雲和寶玉的對話。得知寶玉把自己當知己，黛玉**深感欣慰**；但想到自己是個孤兒，將來必定會被賈家嫌棄，她又忍不住哭着往回走。

　　這時寶玉剛好出來，看見黛玉在前面，好像在擦淚，便追上去，問道：「妹妹到哪裏去？怎麼又哭了？」

黛玉回頭見是寶玉，便勉
強笑了笑：「好好的，我什麼
時候哭了？」

「你瞧瞧，眼睛上的**淚珠**還沒乾呢，還撒
謊。」寶玉說着，抬起手來替她拭淚。黛玉忙
向後退了幾步，生氣地說：「你找死啊！這樣
動手動腳的！」

寶玉連忙解釋他是說話時忘了形，不禁動
起手來，便顧不得死活了。

黛玉說：「你死了倒沒什麼，只是丟下了
什麼『金』，那可怎麼辦？」寶玉聽她又提「金

玉良緣」，又氣又急，額頭上**青筋乍現**。黛玉突然想起前幾天吵架的事，連忙笑道：「你別着急，是我說錯了。」一面說，一面用手帕替他拭去臉上的汗。

　　寶玉瞅了她半天，只說了「你放心」三個字。

　　黛玉怔了怔，說：「我有什麼不放心的？我不明白這話。」

　　寶玉歎了口氣：「你要是真不明白這話，不但我平常對你的心意白用了，而且連你平時待我之意也**辜負**了。你就是因為對我不放心，才弄了一身病。」

黛玉心中有**千言萬語**，
卻不知從何説起。她怔怔地看
了寶玉半天，不覺落下淚來，轉
身要走。

寶玉急忙上前拉住她，説：「好妹妹，
再聽我説一句話。」

黛玉一面**拭淚**，一面將寶玉的手推開，説：
「有什麼可説的，你的話我早知道了！」説完，
頭也不回地走了。

寶玉望着黛玉的**背影**，呆站了半天。襲人

來找他，他也不看是誰，就說：「好妹妹，我這心事從來不敢說，今天我大膽說出來，死也甘心了！我為你也弄了一身病啊！」

　　襲人嚇得趕緊推了他一把。寶玉這才清醒過來，見是襲人來送扇子給他，羞得滿臉通紅，奪了扇子便匆匆跑開了。

第十四回
寶玉遭痛打

　　一天，王夫人房裏的丫鬟金釧對寶玉說了一些輕浮的話，被王夫人趕出了賈府。她受不了這**屈辱**，投井自盡了。

　　賈環得知此事，便跑去向賈政告狀：「金釧是因為被寶玉調戲才投井的！」這賈環是賈政和趙姨娘所生，平時就憎恨寶玉，而且愛**惹是生非**，大家都十分厭惡他。這回他見好不容易逮到機會，便在賈政面前說了寶玉的壞話。

　　賈政聽賈環這麼一說，非常憤怒，命人把寶玉捆住打板子。僕人們見賈政這麼生氣，都不敢求情。

　　寶玉被僕人們按在板凳上打了十幾下。賈政嫌打得輕，自己奪過板子又重重地打了三四十下。寶玉痛得暈了過去。

　　這時，王夫人聽到消息趕來，抱住賈政的腿苦苦哀求：「你要打死他，就先打死我吧！」賈政聽了，淚如雨下。

　　隨後，賈母也趕來了。她見寶玉的衣服上

沾滿了星星點點的血跡，心疼極了，抱住寶玉大哭起來。王夫人怕她傷心過度，勸了好一會兒，她才漸漸止住。

鳳姐命人抬來藤編的長條凳把寶玉抬回房中。丫鬟們圍着寶玉，餵水的餵水，打扇的打扇，上藥的上藥，忙得**不可開交**。

等到賈母、王夫人走了，寶釵走進來，把一粒大藥丸交給襲人，說：「你晚上把這藥用酒搗碎替他敷上，讓那瘀血的熱毒散開，他就會好了。」

她又問寶玉現在好點沒，寶玉說好多了。

寶釵見他精神稍為恢復，很是寬慰，便點頭歎道：「你這樣子，別説老太太、太太心疼，就是我們看着，心裏也疼。」剛説了半句又忙咽住，後悔自己説話太直接，不覺紅着臉低下了頭。

　　寶玉聽寶釵這話説得如此親切，心中感到暢快，早把疼痛抛到**九霄雲外**去了。

　　寶釵走後，寶玉默默地躺在牀上。正當他昏昏沉沉、**半夢半醒**的時候，忽然感覺有人

推他，恍恍惚惚聽見有人在哭，睜眼一看，發現是黛玉。只見她兩隻眼睛腫得像桃子一樣，滿面淚光。

寶玉心疼她，說：「我雖然挨了打，並不覺得疼痛。我這個樣子，只是裝出來哄哄他們的，你別當真。」

黛玉聽了，抽噎地說：「以後都改了吧！」

寶玉聽了長歎一聲：「你放心，別說這樣的話。我就算為這些人而死，也是心甘情願

的。」一句話還沒說完，就聽見
門外的丫鬟說鳳姐來了，黛玉連忙起
身要走。寶玉拉住她問：「你怎麼突然怕起她
來了？」

　　黛玉急得直跺腳，指着自己的眼睛，說：
「她見了又要取笑我了！」說完，**掙脫**寶玉的
手，快步從後院走了。

　　寶玉吃了藥，傷勢慢慢好轉。在養傷期間，
他被允許幾個月內都不用見客。他非常高興，
整天在園子裏和姐妹、丫鬟玩樂，日子過得逍
遙自在。

第十五回
開設海棠社

　　寶玉被打事件之後沒多久，賈政被朝廷任命為提督學政，離開京城到別處任職。

　　沒有了父親的管束，寶玉更加無拘無束了。一天，他收到探春的帖子，說要一起建一個詩社。他高興地拍手笑道：「還是探春妹妹**高雅**，我現在就去。」一面說，一面往秋爽齋走去。

　　寶玉一進秋爽齋，就見寶釵、黛玉、迎

春和惜春都已經在那裏了。寶玉立刻吵着要作詩。寶釵說：「不急，人還沒到齊呢！」

話音剛落，李紈也來了。這下，人算是到齊了。經過一番討論之後，大家決定把詩社定名為海棠社。

探春建議立即作詩，眾人歡呼着**響應**。於是，大家以「海棠」為題，作起詩來。

很快，詩寫好了。傳閱之後，李紈說：「黛玉的詩別致風流，但在含蓄渾厚方面不及寶

釵。」探春也説評得有理。

寶玉突然想起湘雲來，便拍着手説：「怎麼忘了湘雲呢？這詩社少了她就沒意思了！」於是立刻去找賈母，要她派人接湘雲過來。

第二天，湘雲果然來了。她興致極高，一口氣連作了兩首詩。見眾姐妹讚不絕口，她高興地宣布明天由她做東宴請大家，邊吃邊作詩。

晚上，湘雲和寶釵商量請客的事。寶釵知道湘雲寄住在叔叔家，身邊銀兩不多，於是提議讓薛蟠送些螃蟹來，請眾姐妹吃螃蟹。

湘雲非常感激，同時也極為讚賞寶釵想得周到。敲定宴請事宜之後，兩人商議了一陣，決定明天作菊花詩，還擬出了「憶菊」、「訪菊」、「種菊」等十二個題目。

第二天，螃蟹宴在一個亭子裏舉行，鳳姐等也來了。一羣人説説笑笑，十分熱鬧。

吃喝了一會兒，大家便隨意玩耍起來。黛

玉倚着欄杆釣魚；寶釵欣賞荷花；寶玉則東張西望，四處閒逛⋯⋯

湘雲叫翠縷等丫鬟把昨夜寫的詩題掛在柱子上，請大家作詩。

很快，大家的詩都寫成了。眾人一一拜讀，讚歎不絕：黛玉的詩**立意新穎**，湘雲的詩**寓意深刻**，寶釵的詩**沉着渾厚**⋯⋯

最後，李紈評道：「《詠菊》第一，《問菊》

第二，《菊夢》第三，這三首都是黛玉作的，真不錯！」大家一致贊同。

寶玉提議：「我們吃螃蟹賞花，怎麼能不作關於螃蟹的詩呢？」寶釵聽了，便作了一首。眾人傳閱後，都說寫得好。

一行人吃喝玩樂了半天，都覺得累了，便留下丫鬟們打掃，其餘的人各自散了。

第十六回
劉姥姥遊園

這天，王夫人的遠房親戚劉姥姥帶着外孫板兒來賈府作客。僕人們立刻報告給鳳姐，賈母當時剛好在場，便說很想見見這位老人家。

劉姥姥進到賈母的房間，只見一屋子的人珠環碧繞、**花團錦簇**，看得她眼睛都花了。她看見一位老太太斜靠在榻上，猜想是賈母，便走上前笑道：「給老壽星請安。」

賈母向劉姥姥打聽鄉下的趣聞，劉姥姥說

得有聲有色，賈母和其他人都聽得入迷，不時**開懷大笑**。

鳳姐見賈母挺喜歡劉姥姥，當天晚上就留她在賈府住下。

第二天，賈母領着劉姥姥遊覽大觀園。走到半路，李紈拿來一盤新摘下的菊花，鳳姐一把拉過劉姥姥，笑着說：「姥姥，今天就讓我來幫你打扮打扮吧。」說着，將一盤子的花橫七豎八地插滿到劉姥姥頭上。眾人見了，笑得直不起腰來。

劉姥姥也打趣道：「我變成老風流了！」

大家一邊說笑一邊走。劉姥姥讓賈母等人走石子路，自己走土路。賈母的丫鬟**提醒**她：「姥姥，你上來走，小心青苔地滑。」

劉姥姥擺着手說沒關係。

　　她剛說完，就腳底一滑，摔了個四腳朝天，惹得大家又笑起來。等眾人要去攙扶時，劉姥姥早已自己爬起來。

　　又遊玩了一會兒，賈母便帶着眾人去吃午飯。賈母的丫鬟鴛鴦想捉弄一下劉姥姥，就低聲囑咐了她幾句。劉姥姥不停點頭。

　　吃飯時，賈母剛說「請」，劉姥姥就站起來說：「老劉，老劉，食量大如牛，吃個老母豬，不抬頭。」

眾人先是一愣，接着便**捧腹大笑**起來。

鳳姐遞給劉姥姥一雙金筷子，讓她夾鴿子蛋吃，還說：「這蛋一兩銀子一個。」

劉姥姥一聽這麼貴，趕緊使勁夾，好不容易夾住一個，伸長脖子正要吃，蛋卻滑下來滾到地上。劉姥姥歎了口氣，說：「唉，一兩銀子呢，還沒聽見響聲就沒了。」

這時大家都顧不上吃飯，只看着劉姥姥笑，賈母更是連眼淚都笑出來了。

吃完飯，賈母覺得累了，便坐着轎子回去休息。劉姥姥則陪着寶玉等人説笑。突然，她覺得肚子痛得厲害，便到處找茅廁。

等從茅廁出來，劉姥姥發現迷了路，只好四處**亂轉**。

她穿過一扇門，看見一個妙齡女子微笑地看着自己，便過去拉她的手。不料「咚」的一聲撞在板壁上，原來那是一幅畫。

劉姥姥見旁邊有一扇門，便推了進去，來

到一間裝飾豪華的大房裏。她覺得有點累，見裏面有一張牀，倒頭便睡。

眾人發現劉姥姥不見了，便四處尋找。襲人來到怡紅院，見她躺在寶玉的牀上，忙把她叫醒，帶回到眾人面前。

第二天清晨，劉姥姥帶着板兒，拿着賈母、鳳姐等人送的幾大包東西，高高興興地回鄉下去了。

第十七回
釵黛互交心

　　黛玉每年春分、秋分之後總會犯咳嗽病。她最近又咳起來，而且比以往嚴重，因此總不出門，只在自己房中**靜養**。

　　這天寶釵來看她，說起這病來：「這裏的幾個太醫雖然都不錯，只是你吃他們的藥總不見效，不如再請一個高明的大夫來看看，治好了不是更好嗎？」

　　黛玉說：「沒用的。我這病是好不了。不

要說生病，就是沒病的時候，我那身子你也是知道的。」

　　寶釵點頭說：「古人說『食穀者生』，你平時吃素，也沒能添養精神氣血，不是什麼好事。」

　　黛玉歎了口氣：「生死有命，富貴在天，許多事情都非人力能強求。只是今年好像病得比往年要嚴重些。」說話間，已經咳嗽了兩三次。

　　寶釵說：「依我看，平肝健胃是首要任務，胃沒有毛病，飲食就足以養人了。每天早晨，拿上等燕窩和冰糖來熬粥喝，吃久了比藥還強。」

黛玉感歎道：「燕窩雖然易得，但我每年都犯病，請大夫、熬藥，已經鬧了個天翻地覆，現在又說要熬什麼燕窩粥，就算老太太、二舅母、鳳姐不說什麼，底下的丫鬟也會嫌我麻煩。我**寄人籬下**，何苦再惹人厭煩呢？」

寶釵說：「這樣說來，我的境況和你是一樣的。」

黛玉心中傷感，說：「我怎能和你比？你有母親又有哥哥，在這邊又有買賣土地。你不過是看在親戚的情分上住在這裏，大小事情又不花他們一分錢，要走就走。我是**一無所有**，吃穿用度都是他們家的。」

　　寶釵笑道：「他們將來也不過是多為你準備一份嫁妝罷了。」

　　黛玉聽了，不覺紅了臉，笑道：「人家把心裏的煩惱說給你聽，你反倒拿我開玩笑。」

　　寶釵笑道：「雖然是玩笑，卻也是真話。你放心，你有什麼委屈煩惱，儘管告訴我，我能解決的，自然替你解決。我雖然有個哥哥，卻不長進；家中有個母親，只有這點比你略強些。說到底，我們也算同病相憐。你說得也對，多一事不如少一事。燕窩我家裏還有，我回去叫人送幾兩來給你。」

黛玉**感激**道：「難得你這麼重情誼。」

寶釵說：「這沒什麼，你不用放在心上。」又說了一會兒話，便回去了。

晚上，黛玉正要休息，蘅蕪苑的僕人送來了一大包上等燕窩和一包梅片雪花洋糖。紫鵑收起燕窩，服侍黛玉睡下。

因為寶玉，黛玉之前一直不喜歡寶釵。經過這次交談，她知道寶釵是真心對她好，也就放下了對寶釵的成見，和她成了好朋友。

第十八回
海棠社壯大

　　過了些日子，薛蟠外出做生意，他的小妾香菱跟着寶釵住進了蘅蕪苑。香菱正好趁這個機會，跟黛玉學作詩。

　　一天，大家正在看香菱的詩作，幾個小丫鬟跑進來說：「府裏來了許多姑娘、奶奶，正在王夫人房裏，請姑娘們去認親呢！」

　　眾人來到王夫人房裏，原來來的是邢夫人的嫂子和姪女岫煙（岫，粵音就），李紈的嬸嬸

帶着女兒李紋、李綺，還有薛蟠和寶釵的堂弟薛蝌和堂妹薛寶琴。這些都是**出色至極**的人物。大家相互介紹、寒暄，場面非常熱鬧。

探春笑着對寶玉說：「這下我們的詩社更興旺了。」

「是啊。只是不知她們學過作詩沒有？」寶玉笑道。

探春說：「我剛才問了，雖然她們自謙，但看樣子沒有不會的。」

「明天是十六，我們詩社又該聚了。」寶玉**興奮**地提議。

　　探春說：「索性再過幾日，等新來的混熟了，我們再邀請她們，豈不是更好？這會兒大嫂子、寶姐姐肯定沒有詩興，況且湘雲也沒來，黛玉病才好些。不如等湘雲來了，這幾個新來的也混熟了，黛玉的病也好了，大嫂和寶姐姐的心也定下來了，香菱作詩也長進了，那時再聚不是更好嗎？」

　　寶玉聽了，高興得**眉開眼笑**。

　　沒過幾天，湘雲也來了。這下，大觀園更熱鬧了。

　　這天，香菱、寶釵、湘雲正說話，寶琴來了。她披著一襲斗篷，光采奪目，非常好看。

寶釵問：「這是哪裏來的？」

寶琴笑道：「外面下雪，老太太找了這一件給我。」

湘雲說：「這是用野鴨子頭上的毛做的。老太太真疼你，她那麼疼寶玉也沒給他穿呢。」

正說著，忽見丫鬟琥珀走來笑道：「老太太說了，叫寶姑娘對琴姑娘別管得太緊。她還小，讓她愛怎麼樣就怎麼樣。要什麼東西只管去要，別多心。」

寶釵忙起身答應了，又

推推寶琴笑道：「老太太這麼疼你，也不知你是哪裏修來的福氣！我就不信我有哪裏不如你。」

說話間，寶玉、黛玉都進來了。湘雲笑道：「寶姐姐這話雖然是說笑，但恐怕有人心裏真的就這樣想。」邊說邊看着黛玉。

寶釵急忙**圓場**，笑道：「我的妹妹就像是她的妹妹一樣，她比我還疼她呢，哪裏會氣惱？」

寶玉聽寶釵這話說得親密，黛玉的神色看起來也沒有不自在，覺得奇怪，就悄悄問黛玉

原因。等到黛玉把前段時間和寶釵談心的事說了，他才放下心來。

這時，丫鬟來請大家去稻香村。等人到齊了，李紈說：「天下雪了，正好賞雪作詩。我已經叫人去打掃蘆雪庭，明天早飯之後，我們就在那裏作詩吧。」

大家都贊成這個提議，又閒談了一會兒才各自回去。

第十九回
蘆雪庭聯詩

第二天早上，寶玉匆匆忙忙吃完早飯，便催姐妹們去蘆雪庭作詩。

賈母說：「廚房裏有新鮮的鹿肉。既然你們忙着出去玩，就留着給你們晚上吃吧。」

湘雲聽了，悄悄和寶玉**商議**：「不如我們要一塊新鮮鹿肉，拿到園裏自己烤着吃？」寶玉覺得這個主意妙極了，便去向僕人要了一塊鹿肉。

　　過了一會兒，大家都聚在蘆雪庭裏了，唯獨少了寶玉和湘雲。他們此時正在爐邊烤鹿肉呢。平兒正巧過來，見如此有趣，也加入其中。

　　寶釵和黛玉知道他們向來行事古怪，都**習以為常**，而寶琴等新來的人卻感到非常訝異。

　　此時，探春與李紈等人已議定了題韻。探春聞到烤鹿肉的香味，忍不住也跑出去吃鹿肉。

　　李紈也跟過來說：「客人已經到齊了，你們還沒吃夠？」

湘雲一邊吃一邊說：「我吃這個是要喝酒的，喝了酒才有靈感作詩。要不是這鹿肉，只怕我今天作不出詩來呢。」

　　這時鳳姐也披了斗篷過來，笑道：「吃好東西也不告訴我！」說着，也湊過去吃起來。

　　黛玉笑道：「哪裏來的一羣乞丐？今日蘆雪庭**遭劫**，我要為蘆雪庭大哭一場！」

　　湘雲笑着說：「你知道什麼？吃了好肉好酒才能作出好詩！」

　　不一會兒，鹿肉就被一掃而光了。湘雲等人這才心滿意足地回到

屋裏。只見牆上已貼出了詩題、韻腳和格式。

鳳姐因有事要忙，說了一句「一夜北風緊」，就帶着丫鬟平兒先回去。

順着鳳姐的詩句，大家你一句我一句地聯起詩來。開始還依次續聯，後來就相互搶起來。黛玉不斷催湘雲往下聯，湘雲笑得身子發軟，倒在寶釵懷裏道：「這哪裏是作詩，簡直是搶命！」

探春早就料到沒有自己聯的機會了，便把大家聯的詩句寫下來，讓眾人**細細品讀**。她發現湘雲聯得最多，寶玉聯得最少。李紈就罰寶玉去園裏折一枝紅梅回來。

等到寶玉把紅梅取回來，湘雲便要他作紅梅詩，還拿起筷子輕敲火爐，說：「到鼓聲停時，你若還沒作出來，再罰你！」

寶玉忙說：「我已經想好了。」黛玉提起筆幫他記錄。寶玉的詩唸完，黛玉也寫好了。

大家正要評論，賈母來了。她笑道：「好

漂亮的梅花，我算是來對了！你們盡情吃喝説笑，我也來湊個熱鬧！」

話音剛落，鳳姐也跟了過來。賈母笑罵她是鬼靈精，這樣也能找到她。

鳳姐擔心賈母着涼，坐了一會兒，便命人用軟凳送賈母回去。眾人又作了一會兒詩，才盡興散去。

第二十回
賈探春理家

新年期間，鳳姐忙前忙後，累得病倒了。

沒有鳳姐幫忙，王夫人就像失去**左膀右臂**一樣，府裏的大小事務根本忙不過來。於是，她請探春和李紈暫時幫忙料理家事，還請了寶釵做監察。

探春是賈環的親姐姐。她生性開朗，辦事果斷，向來看不慣母親和弟弟心胸狹窄。

有些下人見李紈性情**隨和**，而探春、寶釵

年輕，沒有管家的經驗，以為她們好欺騙，便隨隨便便幹活，經常偷懶，辦事比鳳姐管家時馬虎許多。

可沒想到的是，探春精明能幹，辦事能力一點都不比鳳姐遜色，上任才三天就讓不少人嘗到了她的厲害，全家上下都對她**刮目相看**。再加上寶釵經常帶人四處巡查，管得比鳳姐還嚴，那些想偷懶的僕人們心中暗暗叫苦。

這天，一個僕人來向探春報告，說趙姨娘的哥哥死了，問給多少銀子辦喪事。探春並沒有因為是自己的親舅舅就有所偏頗，只是問：

「以前類似的情況給多少銀子？」僕人**敷衍**地說她忘了。

探春喝罵道：「你在鳳姐面前也這樣回話？」僕人嚇得馬上回去找來舊賬本。

探春翻開賬本，看見一般是給二十兩銀子，就吩咐僕人：「你到賬房領二十兩銀子送去。」

沒過一會兒，趙姨娘進來，一把眼淚一把鼻涕地**責問**探春：「我在這屋裏熬到這麼大年紀，又有了你弟

弟，現在你舅舅死了，你也不多賞點錢，我還有什麼**顏面**？」

探春說：「這是祖宗定的規矩，人人都按規矩辦事，難道偏到了我便可更改？太太看重我，才叫我管理家務。現在還沒做好一件事，姨娘倒先來鬧了，要是太太知道了，怕我為難，不叫我管，那才是真的沒顏面呢，連姨娘也沒臉了。」說着，**抽抽搭搭**地哭了起來。

兩人正說着，平兒來了，說：「二奶奶叫我來告訴姑娘，這件喪事按規矩是給二十

兩銀子，但姑娘想要多給也是
可以的。」

　　探春**正色**道：「好好的有什麼理由多給？
我不破壞這規矩。你們二奶奶若想做好人，等
她當家管事的時候再做，到時想給多少就給多
少！」

　　平兒回去向鳳姐匯報，鳳姐連聲**稱讚**：「不
徇私，不偏頗，是個辦大事的人！可惜是姨娘
生的。」平兒聽了，也感歎不已。

　　一天，探春見大觀園裏很多土地荒廢着，
便和大家商議把閒置的土地承包給下人們管

理。大家聽了，都一致說好。

平兒說：「這個二奶奶之前也想到了。」

寶釵忍不住逗平兒：「看你，事事都要分功勞給你們二奶奶。」眾人都被逗笑了。

說做就做，很快，探春就選出一批手腳勤快的僕人，將園子裏閒置的土地承包給她們耕種。這個做法使大觀園裏的資源得到充分利用，僕人們也得到了額外的收益，大家都感到非常高興。

第二十一回
戲言當真話

　　這天，寶玉來到瀟湘館，黛玉正巧在午睡。他不想驚擾黛玉，見紫鵑在迴廊上做針線，便坐下來問起黛玉的病情。

　　紫鵑說：「好些了。」

　　寶玉笑道：「林妹妹要是吃慣燕窩粥，吃上個兩三年，病就好了。」

　　紫鵑歎了口氣，道：「在這裏吃慣了，明年回到家，哪有閒錢吃這個？」

寶玉吃驚地問：「誰？要到哪個家去？」

紫鵑說：「你林妹妹回蘇州家裏去。」

寶玉如**五雷轟頂**，頓時兩眼發直，說不出話來。這時，晴雯剛好過來找他，便把他帶回了怡紅院。襲人見寶玉兩眼發直，口角邊連唾液流出來都沒有知覺，慌得不知該如何是好。

晴雯說：「我找到寶玉時，他正在和紫鵑說話。」襲人聽了，連忙趕往瀟湘館。這時紫鵑正在服侍黛玉吃藥。襲人心裏着急，也顧不上禮節，衝進去就問紫鵑跟寶玉說了些什麼。

黛玉忙問出了什麼事。當聽說寶玉**神志不清**時，她「哇」的一聲把剛吃下去的藥全吐了出來，大咳了幾陣，喘得頭也抬不起。

　　紫鵑哭着說：「我不過跟他開了個玩笑，他就當真了。」

　　黛玉把她往外推，說：「去，你快去解釋清楚，也許他就醒過來。」

　　等紫鵑和襲人回到怡紅院，賈母、王夫人
等已經來了。寶玉一見紫鵑，就緊緊拉住她，
哭着說：「你們要去就連我也一起帶去吧！」

　　正說着，有人來報說管家林之孝的妻子來
了。寶玉一聽見「林」字，便滿牀滾鬧：「他
們來接林妹妹了，**趕出去**！快趕出去！」直到
賈母說不讓進來，他才安靜下來。

　　後來大夫開了藥，說沒事了，大家才安心
離去。但是寶玉不肯放紫鵑走，賈母只好命紫

鵑留下。

　　等到沒人時，紫鵑悄悄告訴寶玉：「白天的話是我亂編的，林家是真的沒人了，就算有，老太太也不會讓他們接林姑娘走的。」

　　寶玉立刻接口道：「就算老太太肯，我也不答應。」

　　紫鵑笑了笑，說：「這恐怕只是說說而已。大家都一天天長大，你遲早要定親的，到那時你眼裏還會有誰？」

　　寶玉氣得**咬牙切齒**，說道：「我才剛好，
你又拿這些話來氣我。對黛玉，我只有一句
話——活着我們一起活，死了一起化灰化煙。」
說話間，早已**淚流滿面**。

　　紫鵑忙搗着他的嘴，替他抹眼淚，說：「你
不用着急。這原是我替林姑娘的將來擔憂，故
意試探你的。」寶玉這才放下心來。

　　寶玉的心結解開了，便讓紫鵑回瀟湘館。
紫鵑把寶玉的話轉告給黛玉聽。

第二十二回
怡紅院慶壽

過了些日子，寶玉的身體**痊癒**了，他的生日也到了。

由於賈母和王夫人進宮見元妃，因此寶玉的壽慶辦得比往年簡單。眾姐妹湊了錢，叫人在大觀園的紅香圃準備了兩桌酒席。

沒有賈母等長輩在場約束，大家便隨意吃喝，猜拳行令、說笑嬉戲，場面好不熱鬧。

快散席的時候，一個丫鬟笑着跑過來說：

「大家快去看，雲姑娘喝醉了，正躺在青石板台階上睡覺呢。」

眾人趕過去一看，果然見湘雲躺在一塊石板台階上睡得正香，芍藥花撒了她一身，蜜蜂、蝴蝶也圍繞着她飛舞，那場景美得就像一幅畫。

眾人邊笑邊推湘雲。湘雲慢慢睜開眼，看到大家，又低頭看了看自己，發現自己醉倒在芍藥叢中，不覺羞紅了臉。

丫鬟們扶湘雲回到房裏，打水讓她

洗臉。探春叫人拿來醒酒石給湘雲含着，又讓她喝了點酸梅湯，她這才覺得好一些。

晚上，寶玉回到怡紅院，覺得還不夠盡興，吵嚷着還要玩**通宵**。好不容易送走了查夜的僕人，丫鬟們立刻關好院門，準備開夜宴。

寶玉讓小丫鬟去把眾姐妹請來，一起玩拈花名。大家坐定後，晴雯拿了一個竹雕的籤筒走進來，裏面裝着象牙花名籤子，她又把骰子盛在盒內，搖了搖，揭開一看裏面是五點，正好數到寶釵。

寶釵笑着從籤筒裏取出一根籤。大家一看，只見籤上畫着一枝**牡丹**，題着「豔冠羣芳」四個字，下面還有一句唐詩：任是無情也動人。又注着：在席的人共賀一杯，牡丹是羣芳之冠，隨意命人唱新曲一支為賀。

大家看了，都笑着説：「巧得很，你配牡丹花正好。」大家共賀了一杯，接着寶釵又命丫鬟唱了一支新曲。

接下來，寶釵擲了十六點，數到探春。

探春伸手取了一根籤出來，瞧了一下，便扔到地上，紅着臉説：「這籤不好！」

襲人拾了起來，看上面是一枝**杏花**，寫着「瑤池仙品」四個字，並有一句詩：日邊紅杏倚雲栽。注着：得此籤者必得貴婿，大家恭賀一杯，再同飲一杯。

大家都笑着來敬酒，探春哪裏肯喝，卻被湘雲、香菱、李紈等三四個人拉着灌了下去。

輪到湘雲的時候，她拉起袖子，抽了一根

出來。只見上面畫着一枝**海棠**，題着「香夢沉酣」四個字，還有一句詩：只恐夜深花睡去。

黛玉笑道：「這『夜深』改為『石涼』更好。」眾人知道她是拿白天湘雲醉眠的事說笑，便都笑了。

大家吃喝玩鬧，直到二更天才各自散去。

第二十三回
重建桃花社

寶玉生日過了沒多久，詩社便解散了。賈府接二連三地發生了許多不順心的事，寶玉的心情很低落。

這天，寶玉正**惆悵**着，湘雲的丫鬟翠縷跑來對他說：「請二爺快去看好詩。」寶玉一聽，精神一振，立刻跟着翠縷走。

寶玉來到的時候，黛玉、寶釵、湘雲、探春、寶琴等姐妹已經在那裏了，而且每人都拿

着詩稿在看。她們見寶玉來了，紛紛提議：「我們的海棠社都散了這麼久，現在是萬物**復蘇**的春天，應該把詩社重建起來。」

湘雲揚着手上的詩稿說：「這首《桃花詩》寫得極好，現在正巧桃花盛開，不如把海棠社更名為桃花社？」大家都誇這主意妙極了。

寶玉一邊拍手稱好，一邊拿過那首《桃花詩》來看。他一看便知道是出自黛玉之手，真是**字字珠璣**、句句妙語，又包含着無限惆悵

與深情。他看完詩，還沒來得及讚歎，竟先落下淚來。

李紈覺得大家的意見提得好，便宣布把詩社更名為桃花社，讓黛玉做了社長，並把作詩的地點定在瀟湘館。

幾日後，眾人又聚在一起。黛玉以「柳絮」為題，請大家各自抽取詞牌作詞一首，限時一炷香。

過了一會兒，除了寶玉，大家都寫好了。

眾人相互傳看，一致評定：寶釵的詞大氣，黛玉的纏綿，湘雲的嫵媚……**各有所長**。

寶玉沒有寫完，眾人正在笑着說該怎麼罰他時，外面傳來「**砰**」的一聲悶響，大家都嚇了一跳，覺得奇怪，便紛紛走出去看。原來，是一隻大蝴蝶風箏掉了下來，掛在樹梢上。

這時正值三月，是放風箏的最佳時節，寶釵、寶琴等都來了興致，紛紛叫丫鬟回房取來風箏。不一會兒，寶玉的風箏也被送來了。那

是隻漂亮的美人風箏。

眾丫鬟興高采烈地放風箏。

很快，寶玉的美人風箏、探春的鳳凰風箏、
寶釵的大雁風箏和寶琴的蝙蝠風箏都放上了
天，好不熱鬧。

趁着大風，紫鵑叫黛玉也來放風箏。黛玉
接過風箏，說：「放風箏雖然有趣，但有些不
忍。」

李紈走過來，對黛玉說：「放風箏也叫『放

晦氣』，你應該多放放，把你的病放掉。」

　　紫鵑一聽，覺得有道理，急忙拿來剪刀把風箏線剪斷。風箏立刻隨風而去，寓意黛玉的病也隨風箏離開。

　　大家見了，也爭相剪斷風箏線。風箏搖搖擺擺地升上天去，越飛越高，最後消失不見。

第二十四回
寶玉裝嚇病

晚上，寶玉剛要睡覺，一個丫鬟跑來傳報：「老爺明天可能會叫你過去問你功課，你要準備一下。」

這簡直就是**晴天霹靂**！寶玉近來只顧着玩，沒怎麼讀書，如果父親問的問題答不出來，後果將會十分嚴重。於是他只好熬夜溫習功課，能看多少是多少。

寶玉一邊讀一邊後悔，又不知道父親明天

　　會讓他背哪一篇，心煩意亂，怎
麼也讀不進去。寶玉自己不能睡，丫鬟們
要侍候他，也不能睡覺。襲人、麝月、晴雯，
還有一些小丫頭，全都**睡眼惺忪**，呵欠連天。

　　半夜的時候，丫鬟芳官跑進來說有一個人
從外面翻牆進來了，可能是小偷，叫大家幫忙
找找看。大家就四散去找了。

　　晴雯聽說這事，突然靈機一動，想出了
一個辦法。她向寶玉建議：「快趁這個機會裝

病，說嚇着了，這樣明天就不用被老爺問功課了。」

寶玉覺得這是個好主意，立刻躺在牀上裝病。這時，出去搜查的人都回來了，說是到處搜尋了一遍，並沒有發現什麼可疑的人，可能是看錯了。

晴雯喝道：「別胡說！你們查得不嚴，還拿這話來**敷衍**。這又不是只有一個人看見的，現在寶玉嚇得臉色都變了，渾身發熱，我還要上房取安魂藥呢！太太問起來，你們可是要說明白的，不能就這麼作罷。」

大家聽了，都嚇得不敢出聲，只好又到處尋找。晴雯果真出去取藥，還故意鬧得人人都知道寶玉被嚇着了。

　　王夫人聽了，忙命人來探視，又吩咐人仔細搜查。於是園內又是燈籠又是火把，整整鬧了一夜。

　　賈母聽說寶玉受了驚嚇後，懷疑是守夜人**疏忽**。探春說：「近來因為鳳姐姐身體不好，園內的人就**放肆**了許多，竟然還開了賭局，半個月前竟更有爭相打鬥的事情發生。」

　　賈母聽後不禁大怒，命令鳳姐立刻查出為
首的賭家來，還説自首的人有賞，隱情不告的
受罰。

　　鳳姐聽了賈母的話，擔心賈母會責怪她管
家不力，便命人把四個管理家事的婦人叫來，
當着賈母的面狠狠教訓了一頓。

　　接着，她還決定帶人徹底查檢大觀園，整
頓整頓園裏的秩序。

第二十五回
查檢大觀園

　　吃過晚飯，鳳姐便帶人進園了。把通向外邊的門都鎖上之後，王善保的妻子等下人開始檢查大觀園。

　　一行人先來到怡紅院。寶玉問出了什麼事。鳳姐不想把**實情**告訴他，就說：「丟了一件東西，怕是丫鬟們偷了，要查一查。」王善保的妻子等人先搜了一遍，又叫各人把自己的箱子打開。

襲人先打開自己的箱子任他們搜查，沒有查出什麼，其他幾個丫鬟的箱子也一一查了。

　　查到晴雯時，王善保的妻子問：「這是誰的？怎麼不讓打開檢查？」

　　只見晴雯衝過來，「哐啷」一聲把箱子掀開，兩手提着箱子底部往下一倒，東西「嘩啦啦」的掉了一地。

　　王善保的妻子細細查看，沒有發現什麼犯禁的東西，便向鳳姐匯報。鳳姐聽了，笑道：「既然這樣，我們走吧，到別處瞧瞧。」

一夥人出了門，來到瀟湘館。王善保的妻子帶了一行人到丫鬟房裏，開箱倒籠逐個檢查了一番，也沒有發現可疑之處。

一行人接着到了秋爽齋。探春向來驕傲，她覺得被搜查是極大的侮辱，便對搜查的人冷嘲熱諷。

鳳姐賠笑道：「我只是奉老太太的命令，妹妹可別錯怪我。」

　　王善保的妻子卻**不識時務**，竟說要搜探春的身。探春大怒，打了她一記耳光，又指着她大罵：「你算什麼東西？竟然敢搜我的身！」鳳姐好不容易才把探春勸住。

　　惜春年幼膽小，不知出了什麼事，看到鳳姐一行人過來，嚇得要命，卻偏偏在她的丫鬟入畫的箱子裏搜出了一大包小銀錠來，大約有三四十個，還有一包男人的靴、襪等物件。入畫急忙解釋，說是珍大爺賞給她哥哥，她哥哥讓她保管的。

鳳姐沒有立刻處置入畫，只說等查清了再說，臨走前還**嚇唬**了她幾句。惜春卻堅決要求懲治入畫，還說要拿她做個樣，好告誡別人。

　　最後到迎春處。迎春的丫鬟中有個叫司棋的，是王善保的外孫女。鳳姐靜坐一邊，想看王善保的妻子如何行動。只見她先從其他人的箱子查起，查到司棋時，隨便翻了翻，便說沒什麼。

沒想到一個**眼尖**的
下人發現了藏在衣服中的
可疑之物，說：「等等，這是什
麼？」說着，便伸手拿出一雙男人的
錦帶襪、一雙緞鞋、一個同心如意和一封司
棋表弟送來的情書。

王善保的妻子一心要找別人的錯，沒想到卻找到了自己外孫女的頭上。她又氣又恨，打着自己的臉罵道：「老不死的，怎麼造下孽了？真是丟人現眼啊！」大家見她這樣，都七嘴八舌地取笑她。

　　司棋的行為嚴重**敗壞風氣**，鳳姐擔心她會帶壞姑娘們，就把她趕出了大觀園。

第二十六回
中秋夜聯詩

　　查檢事件過後，一年一度的中秋佳節便到了。因為查檢風波，很多人都沒了過節的興致，但為了哄賈母開心，大家還是在大觀園裏擺上果品酒水，喝酒賞月。

　　賈母領着眾人入座，一邊賞月喝酒，一邊玩**擊鼓傳花**的遊戲。遊戲規則是：一個僕人在屏風後擊鼓，鼓聲一停，手上拿到花的那個人要喝一杯酒，還要給大家講一個笑話。

從賈母開始，花一個一個地傳下去，剛到賈政手裏，擊鼓聲忽然就停住了。賈政作為一家之主，平日是一個很**嚴肅**的人，現在要他説笑話，真不知道説出來會是怎麼樣，大家都很好奇。

　　賈政説：「從前有個人，他最怕老婆。」大家一聽都笑了。雖然不知道接下來會是什麼內容，但一聽那語氣，大家都覺得有趣。

　　等賈政講罷，下一圈鼓停，花停在寶玉手裏。寶玉怕父親罵他**不務正業**，就作了一首詩。

　　賈政見母親喜歡寶玉的詩，就命人把從海南帶來的兩把扇子賞給寶玉，算是鼓勵。

　　眾人喝酒賞月，一直玩到深夜，氣氛比平日熱鬧很多。賈母見圓月當空，忽想起鳳姐病着，寶釵和寶琴又回家過節了，不禁感歎世事總難**圓滿**，傷感得流下淚來。

　　侍奉賈母的丫鬟鴛鴦見夜已深，賈母已有倦意，便扶她回房休息。眾人也都散了。

　　黛玉見今年過節沒有往年熱鬧，又想到近來壞事不斷，就趴在石階上哭起來。湘雲見了，

　　便陪她一起散步聊天。兩人來到水邊，只
見微風吹過，水面銀光粼粼（粵音鄰），令人**神
清氣爽**。

　　湘雲說：「要是現在能泛舟湖上，喝酒賞
月，那才叫人生樂事！」

　　黛玉說：「何必那麼麻煩？不如我們來聯
詩吧，以欄杆上的棍子數目為韻。」說着，兩
人就數起來。等數好了，便開始聯詩。

　　兩人你一句、我一句地聯着，不知不覺就

聯了三四十句。又輪到湘雲，她正準備吟詩，黛玉忽然指着水中的黑影，顫着聲音説：「你看那是什麼？會不會是鬼？」

湘雲笑着説：「我可不怕鬼，看我打它！」説着，彎腰撿起一塊小石頭，用力向池子中央擲去。只聽見「撲棱」一聲，黑影飛了起來，原來是隻白鶴。

湘雲歡呼道：「我剛才正愁想不出好詩句，牠倒是給了我靈感。我想到一句——寒塘渡鶴影。」

黛玉聽了，又叫好又跺腳，説：「了不起！這鶴真是幫助了你呢。這五字簡直是渾然天成，既寫景又新鮮。我該怎麼對呢？真是太難了！」

湘雲聽了黛玉的誇讚，忍不住得意起來，說：「你明天對也行。」

　　黛玉哪肯服輸？她走到一邊，自顧自地細細**琢磨**起來。過了許久，她忽然抬起頭，笑道：「有了，冷月葬花魂。」

　　湘雲直呼妙。兩人又吟了幾遍這兩句詩，覺得實在是妙極了，忍不住笑起來。

　　笑了一陣子，兩人都覺得累了，便各自回房休息。

第二十七回
祭芙蓉花神

中秋節過後，王夫人回想到司棋私自與男人來往的事，又想起晴雯長得很漂亮，認為她會勾引寶玉，便帶人到寶玉房裏，要把她趕走。

晴雯最近因**臥病在牀**，十分虛弱。僕人們就架着她，把她拖下了牀。

臨走前，王夫人還嚴肅地對寶玉說：「從此好好唸書！」

寶玉見王夫人一臉怒氣，不敢勸阻。等王

夫人走了，他才倒在牀上大哭。

襲人安慰他：「晴雯這次回家去，倒是可以趁機好好養病。等過幾天太太氣消了，你再求求老太太，讓她回來也不難。」

好不容易等到晚上，寶玉**央求**一個僕人帶他到晴雯家看看。

僕人開始時怎麼都不肯，怕被王夫人知道，後來寶玉死活懇求，又給了她一些錢，那僕人才帶他去。

寶玉來到晴雯家，見晴雯**孤零零**地躺在破舊的牀上，身邊連個照顧的人都沒有，心中更加難過。

　　晴雯見寶玉來了，又悲又喜，説：「你來得正好，快倒碗茶給我喝。渴了半天，一個人也喊不來。」

　　寶玉忙給晴雯遞了半碗茶。晴雯一口氣全喝了下去。寶玉看着，眼淚直流。

　　晴雯取來剪刀，剪下兩根長指甲，還把貼身穿着的舊紅綾襖脱下，連同指甲一起遞給寶玉，説：「這個你收下，以後看見它們就像看見我一樣。」寶玉聽後，心裏非常難過。

　　這天夜裏，寶玉夢見晴雯從外面走進來，

笑着説：「你們好好生活吧，我是來向你**告別**的。」然後轉身離去。寶玉想叫住她，可一叫就醒了。

襲人問他發生了什麼事。寶玉哭着説：「晴雯死了！」襲人以為他又在胡説，就安慰了他幾句，服侍他睡下。

熬到天亮，寶玉想出園去看晴雯，卻聽説她已經死了。一個機靈的丫鬟為了安慰他，就説：「我們偷偷去看了晴雯，她説她不是死，是玉皇大帝叫她到天上做芙蓉花神。」

寶玉聽了**轉悲為喜**。

寶玉又想：晴雯臨終時，我未能見上她一面，不如現在去她靈前祭拜一番，也算是盡了這幾年相處的**情誼**。

誰知，等他趕到晴雯家，卻聽說晴雯的哥嫂已經把她運到郊外火化了。

寶玉滿心淒楚，回到園中看見芙蓉花，想起小丫鬟說晴雯上天做芙蓉花神的話，便想在芙蓉花前祭拜。

正要行禮，他又轉念一想：那些世俗的奠禮萬萬不可，一定要有新意才行，不如寫篇文章來悼念她。想到這裏，他便快步回房撰文。

　　不一會兒，寶玉便寫好文章。他讓丫鬟在芙蓉樹下擺好桌子，放上晴雯平日愛吃的幾樣東西，自己把祭文掛在芙蓉枝上邊哭邊讀，讀完，便把它燒了。

　　這時，黛玉剛好從假山經過，她聽到寶玉讀祭文，

便過來誇道：「好新奇的祭文！」

　　兩人便討論起祭文來，寶玉說要把其中的一句改為「黃土隴中，卿何薄命」。黛玉聽了，覺得那預示着自己的將來，心中**大驚**，不過不願表露在臉上，只是連忙笑着點頭稱妙。

第二十八回
錯嫁誤終身

　　時間飛逝，迎春轉眼間也到了出嫁的年紀。這天早晨，寶玉去給王夫人請安時，聽說大伯賈赦已將迎春許配給了孫家少爺孫紹祖，心裏十分難過。

　　這孫家是賈家的世交，算得上**門當戶對**，不過這孫家人愛**趨炎附勢**。賈政勸賈赦不要與孫家結親，但是賈赦不聽。由於孫家急着娶親，迎春很快就出嫁了。

寶玉原本因晴雯去世而悲傷不已，現在見迎春出嫁了，而司棋和入畫也被趕走，大觀園裏的人一個個離去，心裏無限憂愁，不久就病倒了。

　　休養了快三個月，寶玉的身體才逐漸恢復。這天，一個丫鬟來報，說迎春回娘家了。寶玉心裏一陣高興，連忙跑去見她。

　　看到迎春，寶玉嚇了一跳，她比從前憔悴多了。將隨行的人打發去吃飯後，迎春來到王夫人房中，剛坐下，就
「哇」的一聲痛哭起來。

原來孫紹祖不但酗酒、好賭，還愛惹是生非。有時迎春**好言相勸**，換來的卻是他的一頓拳打腳踢。迎春說着，便泣不成聲。在場的人都感慨不已，忍不住流下淚來。

王夫人安慰道：「這都已成事實，還能怎麼樣？這都是你的命啊！」迎春聽了，哭得更傷心。

寶玉也哭了，想到從前和姐妹們一起相處的時光，是何等快活，再看看眼前這命運悲慘的迎春，真是**今非昔比**啊！

　　迎春在賈府才住沒幾天，孫家就派人來接她。迎春實在不願意回去，但又害怕孫紹祖拳腳相加，只好含淚和家人揮手告別。

　　寶玉不忍迎春回孫家**受苦**，便求賈母把她留下來。

　　王夫人在一旁聽了，說：「你又說傻話了。女孩子嫁人了，娘家哪裏管得着？碰到好的人就好，碰到不好的也沒辦法。你沒聽說過『嫁雞隨雞，嫁狗隨狗』嗎？哪能個個都像你大姐姐那樣做娘娘呢？」

　　寶玉憋了一肚子氣，在大觀園裏**心事重重**地踱步，不知不覺便來到了瀟湘館。

　　他一進門，看見黛玉，再也忍不住悲傷，放聲大哭起來。寶玉平時也哭，只是從沒像今天這樣哭得如此傷心，黛玉被嚇了一跳，小心翼翼地問他：「你這是和誰賭氣，還是我得罪了你？」

　　寶玉抹了一把眼淚，説：「都不是。我是為迎春姐姐。她回來的情形你也看見的，那叫什麼生活啊！她向來性格**懦弱**，又不會和人拌

嘴，回去怎麼受得了？女孩子長大了為什麼要出嫁呢？想當初，姐妹們在園子裏，一起作詩、下棋，那是何等熱鬧！

可如今一切都變了：迎春姐姐嫁了個經常打罵她的男人，整日以淚洗面；寶姐姐回家去了，也不知她在家裏順心不順心；聽說湘雲妹妹也快嫁人了，不知道對方是個怎樣的人。再過些日子，還不知道會變成什麼模樣。想到這些，我就難過得想死。」

聽了這番話，黛玉也頓覺淒涼，她在牀邊坐下，一句話也沒說，只是默默垂淚。

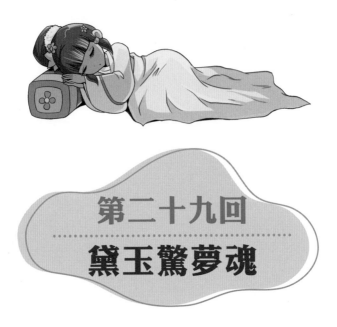

第二十九回
黛玉驚夢魂

　　賈政見寶玉漸漸長大，還整日與姑娘、丫鬟們在大觀園裏玩鬧，便要他到家塾唸書。寶玉向來懼怕父親，只好每天乖乖地去上學。

　　寶玉不在的時候，怡紅院裏清靜不少，丫鬟們也空閒下來。這天，襲人來瀟湘館看望黛玉。兩人正說着話，一個僕人走進來，原來是寶釵打發僕人給黛玉送來蜜餞荔枝。

　　這僕人看着黛玉，笑道：「怪不得我們太

太説，這林姑娘跟寶二爺是一對。原來長得跟天仙似的。」

晚上，黛玉想起白天僕人的一番話，非常煩悶。

她想：我身體不好，年紀又大了。寶玉雖然靠得住，又對我有意，可我看老太太、太太並無半點撮合我們的意思。若爹娘在世時，就把我們的婚事定下，那該多好。

可轉念一想：若父母在世時，把我許給了別的人家，那我和寶玉就更不可能了。倒不如像現在這樣，至少還有**一絲希望**。

黛玉心裏七上八下，一直**輾轉反側**，難以入睡，她一會兒歎氣，一會兒掉幾滴眼淚。朦朧中，她看見父親娶了繼母，繼母把她許給了一戶人家做續弦。她懇求賈母留她在賈家，賈母卻不理睬。就在這時候，寶玉死了。黛玉忍不住放聲痛哭。

　　紫鵑忙走過來推她：「姑娘，你快醒醒！」黛玉睜開眼，才知道剛才只是一場**噩夢**。她只覺心還在亂跳，枕頭上已經濕透。

　　到了後半夜，黛玉咳得厲害，躺下又坐起，坐起又躺下，折騰了一整夜。

天亮時，紫鵑進來倒痰盂，看到痰中有不少血絲，嚇得叫出聲：「哎呀，這還得了！」

黛玉也猜到了幾分，問：「是不是痰裏有什麼？」

「沒，沒有。」紫鵑撒謊道，「只是我剛才手滑，差點打翻痰盂。」說這句話時，她頓覺心裏一酸，眼淚就流了下來。

紫鵑抹乾了眼淚才進來服侍黛玉。她對黛玉說：「姑娘要保重自己的身體，老太太、太太可都疼愛着姑娘呢！」這句話讓黛玉又想起

昨夜做的夢，眼前一黑，吐出一口血痰來。紫鵑嚇得臉都白了。

黛玉恍惚間，聽到窗外有人在叫嚷：「你當你是個什麼東西，還在園子裏混！」黛玉大叫一聲：「這裏住不得了！」一手指着窗外，一口氣接不上，又暈了過去。

原來黛玉住在大觀園裏，雖然有賈母疼愛，但總時時處處留心別人的看法。她聽了這話，像是專門罵她似的，她是個千金小姐，如今卻遭一個僕人如此辱罵，委屈得**肝腸寸斷**，

難怪會暈了過去。紫鵑又是喊又是哭，過了好半天，黛玉才醒過來。

探春、湘雲這時剛好來看黛玉，見她病得厲害，忙去告訴賈母。她們剛走，襲人就來了。原來寶玉胸口痛，沒法唸書，又想着黛玉，就讓她過來看看。

賈母得知寶玉和黛玉都病了，立刻請大夫來看。等到大夫診斷完，說黛玉的病是憂慮引起的，而寶玉沒大病，她才放下心來。

第三十回
鳳姐拉紅線

　　寶玉年紀也不小了，該娶妻成家了。長輩們打算給寶玉說親，卻瞞着寶玉。賈政的門客建議賈政向富豪張家**提親**。賈政覺得可行，便回去與王夫人商量。

　　第二天，王夫人說起提親的事，邢夫人說：「這張家只有一個女兒，從小被嬌寵慣了，張老爺怕她嫁到婆家會受公婆的氣，因此打算招女婿**入贅**，好幫忙料理家中事務。」

　　賈母一聽，立刻否決了：「這萬萬不可。我們寶玉找人侍候還嫌不夠呢，還想讓他去給別人當家？」

　　鳳姐笑着說：「我說句大膽的話，天配的姻緣就在身邊，何必到別處去找？」

　　賈母和王夫人相互看了看，不解地問：「在哪裏？」

　　鳳姐道：「一個有『寶玉』，一個有『金鎖』，老太太怎麼就忘了呢？」

　　賈母說：「昨日你姑媽在，你怎麼不說？」

　　鳳姐笑道：「昨日姑媽是來看你的，在場

的又都是長輩，哪裏輪得到我說話？而且這樣的事情，要太太親自過去求親才好。」

　　賈母向來喜歡寶釵，王夫人也覺得寶釵是個不錯的人選。過了幾天，王夫人便把寶玉和寶釵的親事跟薛姨媽說了，薛姨媽自然十分願意。

　　這段日子，寶玉的親事成了賈府的頭等大事，賈母、王夫人、鳳姐一碰頭就會商議。

　　賈母說：「寶玉和黛玉是表兄妹，又從小在一起，我原本以為他們年紀還小，應該沒什麼不妥。可上回紫鵑只是開玩笑說黛玉要回蘇

州，寶玉就痴痴呆呆的，生了一場大病，我才驚覺這樣長時間讓他們待在一起，終歸是不大妥當的。」

王夫人點點頭，說：「我一直覺得林姑娘心計太重，心思又細，但若是現在硬把他們分開，也不是很妥當。老太太，不如把林姑娘的親事也定了吧？」

賈母說：「我也有這想法。黛玉身體太差，看樣子不像是長壽之人，我不想把她配給寶玉。只是配親不容易，總要找到合適的人才行。眼下最重要的，就是先把寶玉的親事辦好。」王夫人和鳳姐都**點頭稱是**。

賈母又說：「林丫頭是個多心的人，我看寶玉定親的事，先不要告訴她。」

　　鳳姐聽了，立刻對丫鬟、僕人屬聲吩咐：「你們仔細給我聽好，寶二爺定親的事，要是誰走漏了半點風聲，小心我剝了她的皮！」

　　眾人都知道鳳姐的屬害，連連點頭。

第三十一回
因疑生重病

這天，黛玉剛醒來，就聽見雪雁在門外對紫鵑說：「告訴你件稀奇事，侍書說寶玉定親了！據說女方是個什麼知府家的女兒，家世好，人品也好。」

黛玉原本就**滿腹心事**，現在又聽到紫鵑、雪雁的對話，竟應了前日夢中所說的，不覺千愁萬恨堆上心來。

黛玉想想活着也沒什麼意思，不如早點死

掉。打定主意之後，她被也不蓋、衣也不添，只是合眼裝睡，連晚飯也沒有起來吃。

點燈之後，紫鵑見黛玉已經睡着了，怕她着涼，就輕輕地給她蓋上被子。黛玉也不動，只是等紫鵑一出去，又把被子踢掉。

第二天清早，黛玉起來也不叫人，獨自一人呆呆地坐着。紫鵑醒來見了，驚問道：「姑娘怎麼起這麼早？」

黛玉說：「昨晚睡得早，所以醒得早。」

紫鵑連忙起來，叫醒雪雁侍候她梳洗。黛玉對着鏡子，只是

呆呆地自看，那淚珠斷斷續續，濕透了手帕。

從此以後，黛玉打定主意糟蹋身子，她不肯吃藥，飯量也一天一天地減少，半個月之後，連粥都不能喝了。

紫鵑看着她**奄奄一息**的樣子，萬般絕望，就對雪雁說：「你留在房裏照顧姑娘，我現在就回老太太去。」說完，匆匆出了瀟湘館。

雪雁正在屋裏陪着黛玉，見她昏昏沉沉，可能是快不行了。正擔憂時，便聽見窗外有腳步聲，進來了一個人——侍書。侍書是探春派來看黛玉的，她問雪雁：「林姑娘怎樣了？」

雪雁讓她自己看。

　　雪雁此時以為黛玉心中**一無所知**，又見紫鵑不在面前，便悄悄地問侍書：「你那天說寶玉定親了，是什麼時候定下的？」

　　侍書說：「誰說定了呢？那一天我告訴你時，只是聽一個丫鬟說的。後來我到二奶奶那邊去，二奶奶正和平姐姐說，那都是門客們想討老爺歡心，往後好求老爺辦事才提議的。二奶奶還說，寶玉的事老太太總是要**親上加親**的，任憑誰來說親都沒有用。」

　　紫鵑此時正掀簾子進來，聽到她們的話，
氣得罵道：「你們在這裏提寶玉的親事，不如
直接去逼死姑娘好了！」

　　三個人正說着，忽聽黛玉咳了一聲。紫鵑
連忙跑到炕沿前，輕輕說道：「姑娘，喝口水
吧。」黛玉微微答應了一聲。

　　紫鵑倒了水，送到黛玉唇邊，扶着她的頭
就着碗邊喝了一口。黛玉喘了一口氣，仍舊躺
下。想到剛才侍書說的話，她以為賈母要給她

和寶玉定親，心中的鬱結馬上消除，也就不想死了。

　　這時，賈母和王夫人等過來看黛玉，見黛玉的病並不像紫鵑說的那麼嚴重，只是囑咐了幾句就回去。

　　不過，這回看到黛玉的病態，她們心中更加認定寶釵才是寶玉妻子的最佳人選。

第三十二回
丢失通靈玉

這天，寶玉因為看到枯萎的海棠又開出花來，心中無數悲喜都被勾起。忽然聽説賈母要來賞花，他便匆匆換了衣服出來迎接，卻忘記將通靈寶玉掛在脖子上。

等到賞花會結束，襲人才發現寶玉並沒有戴玉。她和其他丫鬟**翻遍**全屋，都沒找到。

探春聞訊趕來，讓人關了院門，然後對眾人説：「如果誰找到玉，重重有賞。」

　　眾人聽見有賞，就又屋裏屋外找了一遍，連石下、草叢也仔細翻看了，可就是沒有通靈寶玉的蹤影。大家知道事態嚴重，正要去報告賈母，王夫人、鳳姐就趕來了。襲人、探春等只好**如實稟告**。

　　鳳姐說：「事情如果張揚出去，偷玉的人可能會毀玉銷贓，不如暗中查訪，把小偷哄騙出來。」王夫人覺得有理，便讓她按此去辦。

　　自從丟了玉，寶玉整日精神恍惚。王夫人

看在眼裏，疼在心頭。

忽然有一天，賈政**滿面淚痕**地回來說：「你快去請老太太立刻進宮。娘娘忽得急病，太醫院已經奏明不能醫治。」

王夫人怕賈母受不了這麼大的打擊，沒說出實情，只說元妃有病，讓她進宮請安。賈母唸叨：「怎麼又病了？上回把我嚇得不得了，後來才知道是打聽錯了。這回情願再錯了吧。」一面說着，一面讓丫鬟取來衣服、飾物等，

穿戴好便趕赴皇宮。

可見面沒多久，元妃就去世了。賈母和王夫人失聲痛哭。

賈政等人已得到消息，一路悲戚到家。回到家中，大家都難過得痛哭不已。第二天，賈府開始着手為元妃操辦喪禮。

寶玉自從丟了玉後，整天都待在家裏，哪兒都不去，說話也糊塗，每天茶飯端來便吃，不來也不主動要。

襲人見他這樣子，不像有氣，反而像有病。

問他哪裏不舒服，寶玉也説不
出來。

　　元妃的喪事辦完後，賈母惦記寶
玉，便過來看他，王夫人也一起來了。賈母問
寶玉話，襲人教一句，他説一句，情況大不似
往常，像個傻子似的。

　　賈母説：「我剛進來時，還看不出寶玉有
什麼病，如今仔細一看，他這病果然不輕，竟
像是神魂失散的樣子。到底是何緣故？」

　　王夫人知道丟玉的事瞞不過了，只好如

實稟報。賈母急得眼淚直流，說：「這是寶玉的命根子。正因為丟失了，他才這麼失魂落魄的！」隨即忙讓賈璉懸賞：「拾玉送來者得銀萬兩！」接着，又叫襲人收拾好衣物，讓寶玉搬去和自己同住，方便照顧。

懸賞之後，真的有人送玉來了。賈母滿心歡喜，讓襲人拿給寶玉看。寶玉接過玉，看也沒看就往地上扔，說：「你們又來哄我了。」說罷只是冷笑。原來那只是一塊仿製的通靈寶玉，眾人**空歡喜一場**。

第三十三回
暗設調包計

府中**禍事連連**，賈政卻在此時被朝廷派去江西做官。起程在即，賈政想到痴呆的寶玉，不禁憂心忡忡。

賈母說：「算命先生說，寶玉這病要幫他娶個金命的人來沖喜，才能治好。」賈政將這件事交給賈母全權處理。

襲人知道給寶玉定的是寶釵，心想：寶玉的心裏只有林姑娘，若知道要娶的是寶姑娘，

又不知要鬧成什麼樣子了。想到這裏，她便悄悄把寶玉與黛玉往日的種種事情告訴王夫人。

王夫人立刻找賈母商議。鳳姐獻計道：「這倒不難，我們可以來個**調包計**，告訴寶玉要娶的是黛玉，實際上卻是娶寶釵。」

賈母和王夫人都覺得可行。接着，鳳姐警告丫鬟和僕人們，一定不能將這件事**洩露**出去，否則決不輕饒。

第二天，黛玉帶着紫鵑到賈母處請安。走到半路，黛玉發現自己忘記帶手帕，就讓紫鵑

回去取，自己則慢慢地走着等她。

　　經過假山時，黛玉看見一個丫鬟在哭，便上前詢問。丫鬟說：「我只說了一句『寶二爺要娶寶姑娘』，姐姐就打我了。」

　　黛玉聽了這句話，如同當頭響了一個**炸雷**，心頭一陣亂跳。她定了定神，問道：「寶二爺娶寶姑娘，她為什麼打你呢？」

　　丫鬟說：「老太太和太太、二奶奶商量了，因為老爺要起程去外地上任，說要和姨太太商量把寶姑娘娶過來，給寶二爺沖喜。」

黛玉頓時覺得身子竟有千百斤重，兩隻腳像踩在棉花上一般。

　　紫鵑取了手帕趕來，見黛玉臉色**慘白**，便問她發生了什麼事。

　　黛玉此刻神志已有些不清，喃喃地說：「我問問寶玉去！」紫鵑聽了摸不着頭腦，只好攙扶她去見寶玉。

　　兩人見面之後卻不說話，只是對望着傻笑。黛玉問寶玉：「你為何病了？」

　　寶玉說：「我為林妹妹病了。」

　　襲人看了黛玉的神色，發現她
此時比寶玉好不到哪裏去，忙讓紫鵑送
黛玉回去。

　　剛回到瀟湘館門口，黛玉就「哇」的一聲
吐出一口血來。

　　賈母得知黛玉**病重**，便帶着王夫人、鳳姐
一起來看她。走出門後，賈母對鳳姐說：「不
是我咒她，她這病恐怕難好了。她若不是心病，
我花多少錢也捨得治；若是心病，我也沒辦法
了。」

　　鳳姐說：「我們還是趕緊辦寶玉的親事吧，

不如明天請薛姨媽過來商量一下？」賈母點頭同意了。

第二天，鳳姐趁沒人的時候，試探地問寶玉：「寶兄弟，給你娶林妹妹，好不好？」

寶玉聽了，大笑着拍起手來。鳳姐看他這反應，知道調包計是用定了。

薛姨媽雖然心疼寶釵受委屈，但想到兒子薛蟠不爭氣，家裏也無人可依靠，就答應了這門婚事。寶釵委屈得低頭垂淚，薛姨媽安慰了許久，她才平靜下來。

第二天，賈府便派人去薛家下聘禮。寶玉和寶釵的婚事就這樣定了下來。

第三十四回
魂歸離恨天

　　自從得知寶玉的親事後，黛玉的病越來越嚴重。這天，黛玉一睜眼便說：「我要我的詩本和手帕。」紫鵑連忙打開箱子拿給她。那手帕是寶玉送給黛玉的**定情信物**，她還在上面題了詩。

　　黛玉一拿到手帕，就狠命地撕，可是她兩手發抖，一點力氣也沒有，哪裏撕得動？她又恨又怒，乾脆把詩稿和手帕扔進火盆裏全

燒了。

黛玉做完這些事，再也支撐不住，把眼一閉，往後一仰。雪雁趕緊將她扶着躺倒，心裏**突突亂跳**，生怕出什麼意外。

好不容易熬過一夜，第二天早上，黛玉又咳又吐。紫鵑看情況不妙，就去找賈母。

到了賈母房中，紫鵑見靜悄悄的無人應答，又到寶玉屋裏去看，竟也空無一人。一個丫鬟告訴她：「寶二爺今日娶親，上頭吩咐不許你們知道。」紫鵑恨這些人**冷漠無情**，便

一邊哭，一邊往回走。

　　紫鵑一進門就看見李紈。李紈拉過紫鵑說：「黛玉恐怕不行了，你給她換衣服，準備後事吧。」

　　這時，一個人衝了進來，把李紈嚇了一跳。一看，原來是平兒。平兒說：「鳳姐不放心，讓我來看看林姑娘。」

　　正說著，一個僕人進來傳話，說賈母讓紫鵑去扶新娘。紫鵑不忍心丟下黛玉，不肯去，最後平兒叫雪雁去了。

寶玉以為自己要娶的是黛玉，因此樂得**手舞足蹈**。雪雁不知內情，看見他這副樣子，又氣又恨。

這時，新娘坐的轎子來了，樂師們奏起了喜樂。轎子停穩後，雪雁扶着新娘出轎。

寶玉在大家的唱禮聲中，和新娘高高興興地拜了賈母以及賈政夫婦，然後夫妻對拜，便被送進了洞房。

寶玉走到新娘跟前，急不及待地揭下蓋頭，一看是寶釵，不由得**愣住**了。他定了定神，指着寶釵輕聲問襲人：「你說，新娶的寶二奶奶是誰？」襲人笑着説是寶釵。

寶玉聽了，便鬧着要去找林妹妹。賈母只好哄他睡下，又讓鳳姐去安慰寶釵。

寶玉娶親之時，黛玉正病危。她緊握紫鵑的手説：「好妹妹，我的身子是乾淨的，我死了之後，你要讓他們送我回南方去。」紫鵑聽了，哭得説不出話來。

　　探春這時也來看黛玉。她摸了摸黛玉的手，發現已經涼了，只好哭着叫人端水來給黛玉擦洗。紫鵑正要給黛玉擦洗，猛然聽她高聲叫道：「寶玉！寶玉！你好……」還沒説完，便斷氣了。這一個「好」字包含的**千種哀怨**、萬般憤懣，就是一本書也寫不完。

　　賈母得知黛玉的死訊後，想去園中哭一場，但被王夫人勸住了，只好吩咐鳳姐盡心辦好黛玉的喪事。

第三十五回
哭靈祭黛玉

寶玉娶親的第二天，賈政就**安心**地去上任了。

後來，寶玉的病情加重，甚至連人都認不清了。請了很多名醫，都查不出原因。後來吃了一個窮醫生開的藥，才好一些。

一天，寶玉見屋裏沒人，便把襲人叫到跟前，拉着她的手哭着追問：「林妹妹現在怎麼樣了？」

襲人不敢告訴他實情，只是説：「林姑娘病着呢⋯⋯」

　　寶玉又説：「我去看看她。」説着就要起來。哪知他因為連日病着，沒怎麼進食，全身無力，根本動不了，哭着説：「我要死了！我有一句心裏話，求你告訴老太太。林妹妹病着，恐怕也難久活，不如騰一間空房子，把我和林妹妹放在一起。我們活着的時候可以一起醫治，要是死了，也可以在一起。」

　　寶釵**恰好**過來，聽見了他的話，便

說：「實話告訴你吧，在我們
成親的時候，林妹妹就亡故了。」

　　寶玉聽了，不禁放聲大哭，倒在牀上。忽
然他眼前一黑，辨不出方向，恍惚中看見一個
人走來，便上前打聽黛玉的消息。

　　那人說：「林黛玉不同常人，無處可尋，
你還是回去吧。」說完，取出一塊石頭，扔向
寶玉。寶玉覺得胸口一痛，想要回家，卻找不
到路。

　　正躊躇間，寶玉聽見有人叫他，睜眼一

看，發現賈母、王夫人、寶釵等人正圍着他哭喊。原來剛才只是做夢。寶玉出了一身冷汗，反倒覺得舒服多了。

　　寶玉經過吃藥調理，神志已經清醒不少，但只要一想到黛玉，就又**糊塗**起來。襲人在旁不時地勸解：「老爺是因為林姑娘多病，恐怕她不能長壽，所以才選了寶姑娘。成親那天，他們怕你看出來，所以才叫雪雁來哄你。」寶玉聽了，**心酸**得直掉眼淚。

　　寶玉一天天好轉，只是
總説要去祭拜黛玉。賈母知
道他病根未除，怕去了影響
病情。但大夫説：「讓他去吧，
散了心再用藥。」賈母只好答應。

　　在賈母等人的陪同下，寶玉掙扎着來到瀟
湘館。他看見院子裏竹影依舊，卻已人去房空，
忍不住**號啕大哭**起來。待緩過來，他忍不住
問紫鵑：「林妹妹臨死前可有説什麼話？」

　　紫鵑本因娶親之事深恨寶玉，此刻見他如
此傷心，已經原諒了他幾分；又見賈母等在場，

便將黛玉怎麼得病，怎麼燒手帕、焚化詩稿，以及臨終說的話都一一告訴他。探春趁機又將黛玉臨終囑咐帶柩回老家的話告訴眾人。賈母、王夫人聽了，也哭起來。

賈母生怕寶玉病後過於哀傷，便連哄帶拉地把他帶回去。祭拜黛玉之後，寶玉慢慢好起來。不過，他失去了往日的靈氣，只是仍然任性，整日在園中遊逛。襲人看在眼裏，忍不住感歎：「靈性不存，秉性未改。」

第三十六回
賈府遭查抄

寶玉病好之後，災禍卻接二連三地降臨賈府。

賈政在江西上任之後，執政非常嚴格，因此得罪了一些權貴，被告了一狀。皇上將他連降三級，並勒令他立即回京城。

賈政降職回到家，見寶玉氣色比他離家時好了很多，心裏頓覺安慰。第二天，他正在榮禧堂宴請親朋，忽見錦衣衛帶着手下闖進來。

接着，西平王也來了，府役將前後門牢牢地把守住。

西平王宣旨道：「賈赦**仗勢凌弱**，辜負朕恩，革去世職。欽此。」說完，命人把賈赦帶走。趙堂官隨即又帶人去抄封寧、榮兩府。

賈母等女眷正在擺家宴，忽然聽下人來報說王爺帶人來要抄家，嚇得魂飛魄散。鳳姐聽了，當場昏倒在地。

查抄時，在賈璉房中搜出一箱子高利貸借

券。賈璉見證據被找到了，只好跪下認罪。最後，他和賈赦都被帶走了。

薛蝌趕來，說：「聽說這次查抄是惜春的哥哥賈珍引誘世家子弟賭博，以及逼死良民引起的。」賈政聽了，急得直掉眼淚。

正說着，丫鬟來報說賈母昏過去了，賈政連忙趕去探視。王夫人餵賈母吃了藥，她才慢慢醒過來。賈母**虛弱至極**，看着賈政，連話也說不出來，只是大滴地掉眼淚。

賈政怕賈母哭壞身子，便安慰她說：「老太太放心，有兩位王爺做主，只要問明白了，皇上自然會開恩的。」

　　第二天，北靜王府的長史來說：「我們王爺和西平王進宮復奏，將大人感激天恩的話都代奏了。皇上念及元妃逝世不久，不忍加罪，所封家產只將賈赦的充公，其餘的都歸還。抄出的借票由王爺查核，如有違禁的一概充公，其餘盡數還回。賈璉革去職銜，免罪釋放。」

　　賈政聽完，忙起身叩謝天恩，又拜謝王爺恩典。

　　賈政回到賈母跟前，將蒙聖恩寬免的事細細告之。賈母雖然放下了心，可聽說兩個世職被革去，賈赦、賈珍又是如此下場，不免又**悲從中來**。她問賈政：「你大哥和珍兒現已定案，是否能回家？」

　　賈政說：「大哥和珍兒所犯的罪本應受重懲，但皇上念他們是功臣的後代，又有北靜王

幫忙**說情**，便從輕發落，發配他們到邊疆贖罪。」

話音剛落，賈赦、賈珍便一起進來給賈母請安。賈母一隻手拉着賈赦，一隻手拉着賈珍，大哭不止。他們兩人也都跪在地上淚流不止。

由於時間緊迫，大家只好**硬着心腸**為賈赦和賈珍預備上路。賈政和寶玉一直把他們送到城外，才揮淚告別。

第三十七回
出家斷紅塵

後來，皇上下旨讓賈政承襲世職。不過，賈府自從被查抄後，虧缺一日比一日嚴重，無奈只好變賣房產度日。幾個有錢的親戚都裝窮躲起來，各自另找門路，甚至找藉口不來。

賈母年事已高，禁不起接二連三的打擊，終於病倒了，雖吃了大夫開的藥，也不見起色。

一天，賈母突然悲傷起來，拉著寶玉說：「我的孫兒，你要爭氣才好。」寶玉心裏一酸，

眼淚便流了下來。賈母放開寶玉，又拉着
重孫子賈蘭，說：「你要孝順你母親，將來你
成了家，也叫你母親風光風光。」

然後又對鳳姐說：「你就是太聰明了，將
來修修福吧！」然後瞧了瞧寶釵，歎了口氣，
只見臉上發紅，喉間略一響動，就去世了，享
年八十三歲。

賈母病逝的消息傳入皇宮，皇上念賈家**世
代功勳**，便賞賜了一千兩銀子給辦喪事。

鳳姐仗着自己的才幹，原以為在喪事中又
可有一番作為。無奈此時賈府已不像當年，她

反而把自己弄得**心力交瘁**，最後病情加重，臥牀不起。由於鳳姐平日機關算盡，做過不少昧良心的事，因此日夜驚悸不安，最終還是兩手空空地離開人世。

惜春經歷了這些**重大變故**後，決意出家。紫鵑目睹了寶玉、黛玉的愛情悲劇，也看破紅塵，主動提出要服侍惜春，一同出家修行。王夫人見二人意志堅定，只好同意她們帶髮修行。

　　這些日子裏，寶玉的那塊通靈寶玉被一個
和尚還了回來，他的精神漸漸地好起來，身子
也復原了。他身體好了以後，本性竟完全改變，
像**換了個人**似的，每日認真唸書，不和任何
人來往，連話都很少說。

　　寶釵見他用功，心裏很歡喜，但是覺得他
改得太快太好了，反倒有些擔憂，只怕又有什
麼變故。

　　過了一陣子，**科舉考試**即將舉行，寶玉
和姪子賈蘭一同赴考。臨走前，寶玉流着淚對

王夫人說：「母親疼我一場，我無可報答。只有這一入場，用心作文章，好中個舉人回來，讓母親歡喜歡喜。」王夫人聽了，感到很欣慰。

接著，寶玉走到寶釵面前，深深地作了一個揖。「姐姐，你也等我的喜訊吧。」寶玉說完，又**仰面大笑**說：「走了！走了！不用再胡鬧了！完了事了！」便與賈蘭趕赴考場。

等到傍晚，賈蘭回來了，哭道：「二叔不見了！」王夫人一聽，當即昏死過去，寶釵驚得愣在當場。

賈家上下頓時**亂了套**。寶釵定下心神，想起寶玉臨走前說的話，霎時全都明白了：寶玉定是出家當和尚去了！

　　放榜那天，有人來報，說寶玉和賈蘭都中了舉人，寶玉第七名，賈蘭得了一百三十名。可惜**一場歡喜一場憂**，寶玉仍舊杳無音信。

　　再說賈母喪禮之後，賈政扶靈柩回金陵安葬。從家書中得知寶玉、賈蘭中舉，十分歡喜；

後來又得知寶玉失蹤了，深感煩悶，只好乘船匆匆趕回家。

這一天，下着大雪，船中途靠岸。賈政忽然看見寶玉光着頭，赤着腳，身披大紅斗篷，跪在岸邊向他磕頭。他大吃一驚，想叫住寶玉，卻見寶玉與一僧一道飄然而去。

賈政追出去，三人早不見蹤影。

只見眼前天寒地凍，一片雪地，真所謂落了片白茫茫大地真乾淨！

園丁文化

中國經典名著系列

紅樓夢

原　　著：曹雪芹
改　　編：幼獅文化
責任編輯：陳奕祺
美術設計：張思婷
出　　版：園丁文化
　　　　　香港英皇道499號北角工業大廈18樓
　　　　　電話：(852) 2138 7998
　　　　　傳真：(852) 2597 4003
　　　　　電郵：info@dreamupbooks.com.hk
發　　行：香港聯合書刊物流有限公司
　　　　　香港荃灣德士古道220-248號荃灣工業中心16樓
　　　　　電話：(852) 2150 2100
　　　　　傳真：(852) 2407 3062
　　　　　電郵：info@suplogistics.com.hk
印　　刷：中華商務彩色印刷有限公司
　　　　　香港新界大埔汀麗路36號
版　　次：二〇二二年六月初版
　　　　　二〇二四年六月第三次印刷

ISBN：978-988-76251-1-7
Traditional Chinese Edition © 2022 Dream Up Books
18/F, North Point Industrial Building, 499 King's Road, Hong Kong
Published in Hong Kong SAR, China
Printed in China